BARTLEBY, EL eSCRIBIENTE

UNA HISTORIA DE WALL STREET

ALMA CLÁSICOS ILUSTRADOS

HERMAN MELVILLE

BARTLEBY, EL ESCRIBIENTE

UNA HISTORIA DE WALL STREET

Traducción de Enrique de Hériz
Prólogo de Juan Gabriel Vásquez

Ilustrado por Iban Barrenetxea

Título original: *Bartleby, the Scrivener*

© de esta edición:
Editorial Alma
Anders Producciones S.L., 2021
www.editorialalma.com

@almaeditorial
@Almaeditorial

© de la traducción: Enrique de Hériz, 2018
© del prólogo: Juan Gabriel Vásquez, 2019
Traducción cedida por Navona Editorial

© de las ilustraciones: Iban Barrenetxea, 2021

Diseño de la colección: lookatcia.com
Diseño de cubierta: lookatcia.com
Maquetación y revisión: LocTeam, S.L.

ISBN: 978-84-18395-17-8
Depósito legal: B125-2021

Impreso en España
Printed in Spain

Este libro contiene papel de color natural de alta calidad que no amarillea (deterioro por oxidación) con el paso del tiempo y proviene de bosques gestionados de manera sostenible.

EL VIAJE HACIA EL OTRO

Puede decirse, sin exagerar apenas, que la carrera literaria de Herman Melville duró doce años. Está bien: sí que es exagerado decirlo, pero es que la víctima de la exageración fue la primera en difundirla. En 1851, el año de la (frustrante) aparición de *Moby Dick,* Melville, que no habría cumplido los treinta y dos, le escribió a Nathaniel Hawthorne una carta célebre. «Hasta que cumplí los veinticinco años, no tuve ningún desarrollo —le dice allí—. Dato mi vida desde mi año vigesimoquinto.» Y luego se ve a sí mismo como una semilla vieja, una semilla que ha pasado tres mil años siendo solo una semilla, y que luego, en un estallido, crece, florece, se marchita y vuelve a la tierra. El florecimiento, según la propia cronología de Melville, comenzó con la redacción de *Typee;* yo tengo para mí que terminó en 1856, cuando apareció un volumen de relatos que acabó llamándose, después de que otras opciones fueran descartadas, *The Piazza Tales.* Allí se incluyen dos de las cuatro maravillas que escribió Melville: «Bartleby, el escribiente», que ahora podemos leer en esta bellísima traducción de Enrique de Hériz, y «Benito Cereno». La primera maravilla, por supuesto, era *Moby Dick,* una de las pocas novelas que se pueden mencionar, sin rubor alguno, en la misma frase en que uno menciona a Shakespeare; la cuarta, *Billy Budd,* era el manuscrito en que Melville trabajaba en el momento de su muerte, en 1891. La novela se publicó treinta y tres años después, lo cual da una idea del descrédito (o acaso el prematuro olvido) en que había caído el autor durante sus últimos años de vida.

Lo curioso de la carta a Hawthorne es su clarividencia, por no decir su misteriosa capacidad profética. Es verdad que hay algo de pose en el victimismo de Melville, porque Hawthorne, que el año anterior había publicado *La letra escarlata,* era mucho más que un escritor mayor y respetado, mucho más que un padrino literario: era casi un ídolo. Pero Melville, aun antes de la recepción decepcionante de

Moby Dick, ya se había percatado de que el éxito no era parte de su destino. (Aquí, lo confieso, he estado a punto de lanzar una breve invectiva contra los críticos de la época, que fueron incapaces de reconocer la ambición formal, los virtuosismos estilísticos, la sublime vitalidad y los atrevimientos metafísicos del relato de Ismael; pero entonces he recordado que Joseph Conrad, con el beneficio de más de medio siglo de perspectiva, redujo *Moby Dick* a una «rapsodia más bien forzada con la caza de ballenas como tema» y aun se atrevió a declarar que en todo el libro no había «una sola línea sincera». Así que he preferido guardar silencio.) Sea como fuere, por más consciente que estuviera Melville de que los lectores le harían pagar las osadías y los hermetismos de la rapsodia sobre ballenas, no creo que nada lo preparara para lo que ocurrió con su siguiente novela. Tras la publicación de *Pierre* en 1852, las reseñas fueron un festival del desastre, una verdadera catástrofe para cualquier reputación literaria. Un titular es la cifra devastadora de la actitud de la crítica: «Herman Melville, loco».

Aquel periodista no era el único, aparentemente, que lo pensaba. En la familia de Melville se empezaba a hablar con preocupación de sus cambios de ánimo. «Este esfuerzo constante de la mente, esta excitación de la imaginación, están desgastando a Herman», escribió su madre en abril de 1853. Otras cosas lo estaban desgastando: sus finanzas no iban bien (el fracaso de los libros también era económico); su amistad con Hawthorne se enfriaba inescrutablemente. Para procurarle un cambio de ambiente que a todo el mundo le parecía necesario, su padre trató de conseguirle un puesto diplomático: se habló de Honolulú, se consideró Inglaterra y aun Amberes, pero nada resultó. Tanto en la familia como en la prensa se empezaba a considerar la posibilidad de que Herman Melville, a sus treinta y cuatro años, estuviera acabado. En alguna de esas cartas se habla de sus ojos, que de tanto trabajar se han vuelto «delicados como gorriones», y yo no puedo dejar de pensar en Bartleby, el protagonista de este relato inagotable que Melville, milagrosamente, publicó a finales de ese año malhadado de 1853. Bartleby, cuyos ojos «velados y mortecinos» le meten al narrador una idea en la cabeza: la diligencia en su trabajo —por lo menos durante los primeros días— puede haberle perjudicado la vista. El narrador se compadece de él, y nosotros también. Igual que lo hemos hecho hasta ese momento; igual que lo seguiremos haciendo, lo queramos o no, por el resto de nuestras vidas.

Las ficciones de Melville siempre explotan o canibalizan su experiencia y sus memorias: no he encontrado una sola página de su obra que no esté construida sobre una vivencia. Así ocurre con «Bartleby». Con veinte años, Melville, que ya había descubierto el mar (durante un viaje a Liverpool) y el interior de su país (en un viaje que lo llevó de los grandes lagos al río Mississippi), volvió a Nueva York para buscarse la vida en un mundo que se le había vuelto hostil. Su amigo Eli Fly, compañero de aventuras, se empleó como copista; pero a Melville la vida de oficina ya le generaba una convencida repulsa, aparte de que sus talentos con la pluma no eran los adecuados para esos oficios. No deja de divertirme el hecho de que Bartleby, el escribiente, sea la creación o la invención de un hombre de educación imperfecta, que debió abandonar la escuela por los problemas económicos de su familia de buen abolengo y malas finanzas, y que tenía pésima ortografía y una caligrafía descuidada y aun fea. Sea como sea, los recuerdos de esos días son como una remota semilla del relato; también lo son otros recuerdos, muy posteriores. Pues años después, tras haber viajado por el mundo en barcos balleneros y haber escrito un primer libro de éxito modesto, Melville volvió nuevamente a Nueva York (siempre estaba, aparentemente, volviendo a Nueva York) y visitó las oficinas de abogados en las que trabajaban sus hermanos. Se sentaba en un escritorio desocupado y pasaba el día escribiendo, según se rumoreaba, un relato sobre experiencias eróticas en los mares del sur. Cuando lo imagino allí, metido en la redacción de *Omoo,* el ambiente que lo rodea es el mismo que rodea a Bartleby. Pero sin duda me equivoco.

Como el futuro Joseph K. (a quien prefigura y de alguna manera permite), Bartleby es más que un personaje: con el tiempo y los lectores, se ha transformado en un símbolo. Es un símbolo como lo fue, antes que él, el capitán Ahab; siempre me ha gustado pensar que es un Ahab de signo contrario y a escala mínima, otra forma de la monomanía. Su frase —las palabras que, con pocas variaciones, son las únicas que le escuchamos decir en todo el relato: «Preferiría no hacerlo»— se ha convertido en una seña de identidad, igual que lo sería casi medio siglo más tarde la de Kurtz en *El corazón de las tinieblas:* «¡El horror! ¡El horror!». Con «Bartleby», Melville fue uno de los primeros en explorar las nuevas realidades laborales de un mundo en brutal transformación; uno de los primeros, digo, en percatarse de las delicadas tragedias que vivían debajo de la pátina de respetabilidad de aquel mundo urbano. Pero en la resistencia (civil) de aquel hombre misterioso hay mucho más que una callada rebelión contra una época deshumanizante, contra un orden social que se descubre poco a poco pero que ya muestra su capacidad para consumir las vidas de los hombres. No: «Bartleby, el escribiente» no es una parábola. Se acerca a ella, coquetea con ella, pero la supera o trasciende, y en eso también se parece a angustiadas meditaciones como *El proceso* o *El castillo,* esos universos claustrofóbicos donde nunca sabemos por qué pasa realmente lo que pasa, pero que leemos como si nos hablaran de nuestra vida. Señalaré finalmente otro vínculo extraño que existe entre el relato de Melville y los de Kafka: el lector, en ellos, se sorprende de repente soltando una risa más o menos culpable.

La figura de Bartleby, este curioso rebelde que se niega a entrar en la comunión de los hombres civilizados, tiene algo sobrenatural. Cuando aparece por primera vez, el narrador del relato, un abogado cuya dicción y cuya vida son la cifra perfecta de esa civilización, habla de su «pulcra palidez», y también de su ánimo «mortecino»; la palabra «cadavérico» se usa con frecuencia para describirlo a él o a sus acciones; y en algún momento se da cuenta el narrador de que este hombre misterioso no se alimenta como los demás, no se comporta como los demás, no sale nunca de ese despacho que no es suyo: ese despacho donde se niega a escribir (para gran dicha de Enrique Vila-Matas, que lo convirtió en metáfora) pero donde tampoco (y esto se nos olvida con frecuencia) se interesa por leer. No es un ser de este mundo: parece abúlico, parece un primo lejano de Oblómov o un remoto descendiente de Hamlet, pero un lector sensible se percatará muy pronto de que su drama es de otro orden. El problema es saber de cuál; el problema, digo, y también el centro de gravedad del relato, porque esa es precisamente la invitación que nos hace Melville: un viaje hacia el misterio del otro, del otro que es todos los otros. Y esta es, quizás, la razón por la que vuelvo al relato con frecuencia. Pues se habla siempre y se habla mucho de Bartleby, pero yo tengo para mí que lo más emotivo del relato no es esa figura patética y desamparada, tierna y risible, del escribiente que prefiere no trabajar, prefiere no ir al correo, prefiere no moverse de donde está. Lo realmente conmovedor es el abogado que cuenta la historia, o, por mejor decir, su esfuerzo maravilloso —y humano, tan humano— por entender a esa criatura que lo saca de sus casillas. En otras palabras, por encontrar su verdad oculta, por penetrar su secreto. Lo que vemos en el relato es un hombre en el acto de poner a prueba los límites de la imaginación moral. En eso, pero no solo en eso, el narrador de «Bartleby» se comporta como un escritor de ficciones.

Los últimos dos párrafos del relato —sobre los que no daré detalles, para no quitarle al lector el placer de descubrirlos— todavía son capaces de causarme ese escalofrío que, según Nabokov, era la prueba de que estamos en presencia de una obra de arte. Hay en ellos, desde un punto de vista estrictamente narrativo, un atrevimiento notable; por otra parte, al lector interesado en estas cosas le contaré que lo que en ellos se cuenta muy bien pudo corresponder a un hecho verídico, ocurrido en la primavera de 1853, que iluminó a Melville o le susurró la idea para el destino de su escribiente. Luego habremos de considerar si otro escritor —Hawthorne, digamos, o Edgar Poe—, alguien que no pasara por sus horas más bajas, que no tuviera los síntomas de lo que hoy llamaríamos un trastorno maníacodepresivo, hubiera sido capaz de hacer lo que hizo Melville: transformar una noticia curiosa en este relato inmortal que hoy, mucho más de siglo y medio después, nos sigue tocando el alma.

JUAN GABRIEL VÁSQUEZ

Soy un hombre de edad más bien avanzada.

oy un hombre de edad más bien avanzada. La naturaleza de mis ocupaciones durante los últimos treinta años me ha mantenido en contacto más que frecuente con un grupo de hombres interesante y, en cierto modo, singular, acerca del cual no me consta que se haya escrito nada hasta la fecha: me refiero a los amanuenses o copistas judiciales. He tenido tratos con muchos de ellos, tanto en mi vida profesional como en el ámbito privado, y podría relatar, si me apeteciera, diversas historias capaces de provocar la sonrisa de los caballeros más benévolos y el llanto de las almas sensibles. Sin embargo, en nada valoro las biografías completas de todos los demás amanuenses frente a unos pocos episodios de la vida de Bartleby, el escribano más extraño del que jamás haya tenido noticia. Así como podría escribir la vida entera de otros copistas, nada parecido puede hacerse con Bartleby. No disponemos de material suficiente para una biografía completa y satisfactoria de este hombre. Es una pérdida irreparable para la literatura. Bartleby era uno de esos seres de los que nada se puede verificar sin acudir a las fuentes originales, que en este caso son muy limitadas. Solo sé de él aquello que mis ojos vieron con asombro, salvo, claro está, un rumor indefinido que aparecerá en el epílogo.

Antes de presentar al amanuense tal como lo vi en la primera ocasión, parece apropiado que mencione algunos datos sobre mí, mis empleados, mi empresa, mis oficinas y, en general, cuanto me rodea; una descripción por el estilo se hace indispensable para la adecuada comprensión del personaje principal que me dispongo a presentar.

De entrada: soy un hombre que, desde la juventud, ha vivido con la profunda convicción de que la vida es mejor cuanto más fácil. De ahí que, si bien me dedico a una profesión enérgica que genera nervios proverbiales, a veces hasta el extremo del alboroto, jamás haya tolerado que esa clase de comportamientos turbaran mi paz. Soy uno de esos abogados carentes de ambición que nunca se dirigen a un jurado ni atraen en modo alguno el aplauso del público; al contrario, en la fresca tranquilidad de mi cómodo retiro, practico cómodos negocios entre bonos, hipotecas y escrituras de hombres adinerados. Todo aquel que me conoce me tiene por hombre fiable. El difunto John Jacob Astor, un personaje poco dado al entusiasmo poético, no dudó en aseverar que mi primera gran virtud era la prudencia; la siguiente, el método. No hablo por vanidad, sino que me limito a consignar el dato de que contara con mis servicios profesionales el difunto John Jacob Astor; un nombre que me encanta repetir, lo reconozco, porque tenía un sonido redondo, orbicular, y resonaba como un lingote de oro. Me tomaré la libertad de añadir que la buena opinión del difunto John Jacob Astor no me dejaba indiferente.

En algún momento previo al período en que tuvo su inicio esta pequeña historia, mis ocupaciones habían aumentado de modo considerable. Me habían ofrecido el antiguo y noble cargo, ahora suprimido, de asesor del Tribunal de Equidad del Estado de Nueva York. No se trataba de una tarea especialmente ardua, pero tenía una muy grata remuneración. No suelo dejarme llevar por el enojo, ni mucho menos permitirme una peligrosa indignación ante ciertos errores e injusticias; sin embargo, debo permitirme la imprudencia de declarar que la supresión repentina y violenta del cargo de asesor del Tribunal de Equidad en la nueva Constitución me parece un acto prematuro, en la medida en que yo contaba con un uso vitalicio de sus beneficios y tan solo pude cobrarlos durante unos pocos años. Pero eso es otra historia.

Mis oficinas se encontraban en el número X de Wall Street, subiendo las escaleras. Por un lado daban al muro blanco de un espacioso patio interior que recorría el edificio de arriba abajo, cubierto por una amplia claraboya. Dicha visión podía considerarse más bien monótona, carente de eso que los pintores paisajistas llaman «vida». En cambio, la vista desde el otro extremo de mis oficinas ofrecía, al menos, un contraste. En esa dirección, mis ventanas contaban con vistas libres hacia un muro alto de ladrillos, oscurecido por el tiempo y las sombras permanentes; para rescatar las bellezas escondidas de dicho muro no hacía falta ningún catalejo, pues quedaba pegado a apenas tres metros de mis ventanales, para mayor disfrute de cualquier espectador corto de vista. Dada la gran altura de los edificios que me rodeaban, y por estar mis oficinas en la segunda planta, el espacio entre dicho muro y mi fachada parecía una gigantesca cisterna cuadrada.

Durante el período inmediatamente precedente a la llegada de Bartleby, yo empleaba a dos personas como copistas y a un joven prometedor como chico de los recados. El primero, Turkey; el segundo, Nippers; el tercero, Ginger Nut. Tal vez no se parezcan a los nombres que suelen salir en los directorios. En verdad, eran motes con los que mis tres empleados se habían etiquetado entre ellos y se suponía que expresaban sus respectivas personalidades. Turkey era un inglés bajito y abotargado que tendría más o menos mi edad, es decir, no andaba lejos de los sesenta. Podría decirse que por las mañanas su rostro tenía un fino tono rubicundo, pero a partir de las doce del mediodía —su hora de almorzar—, resplandecía cual hornalla de carbones navideños; seguía reluciendo —si bien con un progresivo declive— hasta las seis de la tarde, aproximadamente, momento en que yo dejaba de ver al propietario de ese rostro que alcanzaba su meridiano con el sol, como si con él se acostara para volver a levantarse, culminar y declinar al día siguiente, con la misma regularidad y su gloria intacta. He presenciado muchas casualidades singulares en el transcurso de mi vida, y no es la menor entre ellas el hecho de que exactamente en el momento en que Turkey emitía en plenitud los rayos de su semblante rojo y radiante, justo entonces, en ese instante crítico, empezaba el período del día en que, a mi juicio, su capacidad de trabajo quedaba seriamente perturbada para el resto de las veinticuatro horas. No es que a partir de entonces permaneciera ocioso por completo, o rechazara el trabajo; más bien al contrario. La dificultad residía en su capacidad de mostrarse enérgico en exceso. Su actividad se contagiaba de una imprudencia extraña, inflamada, frenética y veleidosa. Hundía la pluma en el tintero sin la menor cautela. Siempre que había una mancha en alguno de mis documentos, la había hecho él a partir del mediodía. Desde luego, por las tardes no solo se volvía imprudente y tendía a mancharme los documentos, sino que algunos días iba más allá y se volvía bastante ruidoso. En esas ocasiones, además, su rostro llameaba con una impudicia exagerada, como si alguien hubiera añadido hulla grasa en un montón de antracita. Armaba un jaleo desagradable con su silla; desparramaba el serrín; al arreglar sus plumillas, las destrozaba de pura impaciencia y, llevado por una pasión repentina, las tiraba al suelo; a continuación, se levantaba, se inclinaba sobre el escritorio y recogía en una caja todos sus papeles con modales tan indecorosos que daba pena contemplarlos en un hombre de su edad. Sin embargo, como por muchas razones era para mí una persona muy valiosa y, hasta que llegaba el mediodía, también era la criatura más rápida y constante, lo cual le permitía avanzar una gran cantidad de trabajo con una clase difícil de igualar... Por todas esas razones yo estaba más bien predispuesto a perdonar sus excentricidades, si bien es cierto que de vez en cuando lo regañaba por ellas. De todos modos, lo hacía con la mayor amabilidad, pues si bien por las mañanas era el más civilizado o, más aun, el más dócil y reverencial de los hombres, la tarde lo predisponía a hablar, a la menor provocación, en un tono más brusco o incluso insolente. En resumidas cuentas, valoraba mucho sus servicios matinales y estaba decidido a no prescindir de los mismos; sin embargo, al mismo tiempo me incomodaban sus modales exacerbados a partir de las doce; como soy un hombre de paz y no deseaba que mis reprimendas provocaran una respuesta impropia por su parte, resolví insinuarle, un sábado a mediodía (los sábados siempre estaba peor), con la mayor amabilidad, que tal vez, visto que ya se iba haciendo mayor, le convendría recortar sus tareas; en pocas palabras, no hacía falta que se presentara en mis oficinas a partir de las doce. Al contrario, acabado el almuerzo, lo mejor que podía hacer era irse a casa y descansar hasta la hora del té. Mas no pudo ser: insistió en cumplir con sus deberes vespertinos. Su semblante adquirió un aspecto intolerablemente ferviente mientras me aseguraba con gran oratoria —gesticulando con una larga regla desde el otro extremo de la sala— que, si sus servicios matinales eran útiles, tanto más indispensables serían los de la tarde.

—Con toda sumisión, señor —dijo en esa ocasión—, me tengo por vuestra mano derecha. Por la mañana me limito a ordenar y desplegar mis columnas; en cambio, por la tarde me pongo al frente de las mismas y cargo con gallardía contra el enemigo... ¡Así! —Y lanzó una violenta estocada con la regla.

—Pero esos borrones, Turkey... —insinué.

—Cierto. Sin embargo, con toda sumisión, señor... ¡fijaos en estos cabellos! Me hago mayor. Sin duda, señor, un borrón o dos en una tarde calurosa no merecen un reproche severo para alguien con estas canas. La edad, por mucho que manche la página, es honorable. Con toda sumisión, señor, *los dos* nos hacemos mayores.

Era difícil resistirse a la invocación del sentido de camaradería. En cualquier caso, vi que no estaba dispuesto a irse. De modo que me resigné a permitir que se quedara, si bien tomé la decisión de que por las tardes se ocuparía de los papeles de menor importancia.

Nippers, el segundo de la lista, era un joven bigotudo, cetrino y de aspecto piratesco en general, de unos veinticinco

Con toda sumisión, señor.

años. Siempre me pareció que era víctima de dos poderes maléficos: la ambición y la indigestión. La ambición se notaba en cierta impaciencia ante las tareas del mero copista y en una injustificable usurpación de asuntos estrictamente profesionales como la redacción original de documentos legales. La indigestión venía anunciada por un ocasional enfurruñamiento nervioso y sarcástico que le provocaba un sonoro rechinar de dientes cuando cometía algún error al copiar; por las procacidades innecesarias que salían de su boca en un siseo, sin llegar a pronunciarlas del todo, en los momentos de mayor agitación en el trabajo; y especialmente por sus quejas constantes acerca de la altura de su escritorio. Pese a su ingeniosa habilidad mecánica, Nippers nunca conseguía que la mesa se adaptara a él. Le ponía cuñas debajo, bloques de distinta clase, pedazos de cartón y al fin llegó incluso al extremo de probar un delicado ajuste con trozos de papel de copia plegado. Pero ningún invento le servía. Si, por aliviar la espalda, alzaba el sobre de la mesa en un ángulo agudo que le llegaba casi hasta la barbilla y escribía como si usara el tejado inclinado de una casa holandesa a modo de escritorio, afirmaba que se le detenía la circulación de los brazos. Si entonces bajaba la mesa hasta la cintura y se agachaba para escribir en ella, resultaba que le dolía la espalda. En pocas palabras, la verdad es que Nippers no sabía qué quería. O tal vez lo que deseaba era librarse por completo de su mesa de escribano. Entre las manifestaciones de su enfermiza ambición se contaba su debilidad por recibir a ciertos tipos de aspecto ambiguo con abrigos raídos, a los que se refería como clientes suyos. Por supuesto, yo me daba cuenta de que no solo se dedicaba, a veces, a la política local, sino que de vez en cuando tenía algún quehacer en los tribunales de justicia y no era del todo desconocido en las antesalas de los calabozos. Tengo razones para creer, de todos modos, que un individuo que solía visitarlo en mis oficinas, del cual él afirmaba con grandilocuencia que se trataba de un cliente, no era sino un acreedor, y las supuestas escrituras que le llevaba eran recibos pendientes. Sin embargo, con todos sus defectos y las molestias que me causaba, Nippers, igual que Turkey, su compatriota, me resultaba de gran utilidad; escribía con letra clara y rápida; y cuando quería era capaz de comportarse como un caballero. Cabe añadir que vestía siempre con elegancia, algo que, indirectamente, se reflejaba en una mejor reputación de mis oficinas. En cambio, con Turkey me veía obligado a grandes despliegues para compensar el descrédito que me causaba. Su ropa tendía a parecer grasienta y olía a fritanga.

En verano llevaba pantalones sueltos y abolsados. Los abrigos eran execrables; el sombrero era mejor no tocarlo. Pero si bien el sombrero me era indiferente porque su educación natural y su sentido de la deferencia, como buen inglés, le llevaban a quitárselo en cuanto entraba en una sala, lo del abrigo ya era otra cosa. Quise razonar con él a propósito de sus abrigos, mas no sirvió de nada. Lo cierto era, supongo, que un hombre de tan escasos ingresos no podía permitirse lucir una cara lustrosa y un abrigo lustroso al mismo tiempo. Tal como observó Nippers en una ocasión, Turkey gastaba su dinero principalmente en tinta roja. Un día de invierno, ofrecí a Turkey uno de mis abrigos, de aspecto muy respetable: gris, acolchado, de muy cómoda calidez, abrochado con botones del cuello a las rodillas. Creí que Turkey agradecería el favor y contendría su crudeza y sus alborotos vespertinos. Pues no. Más bien creo que refugiarse tras los botones de aquel abrigo tan acolchado que parecía una manta obró un efecto pernicioso en él, según el principio que dicta que a los caballos les sienta mal el exceso de avena. De hecho, Turkey reaccionó al abrigo como se dice que reaccionan al exceso de avena los caballos impacientes e inquietos. Se volvió insolente. A ese hombre le perjudicaba la prosperidad.

Aunque tuviera mis conjeturas particulares acerca de los hábitos indulgentes de Turkey, en cuanto concierne a Nippers estaba convencido de que, fueran cuales fuesen sus defectos en otros terrenos, al menos era un joven moderado. Sin embargo, por lo visto tenía a la propia naturaleza por vinatera y le había dotado ya desde el nacimiento de una disposición tan irritable y alcohólica que cualquier bebida subsiguiente resultaba innecesaria. Cuando pienso en cómo, en la quietud de mis oficinas, Nippers se levantaba a veces con impaciencia de su silla y, agachándose sobre el escritorio, abría mucho los brazos para agarrarlo, moverlo de sitio y sacudirlo, con un movimiento nefasto, arrastrándolo por el suelo entre chirridos, como si la mesa fuera un ser perverso y dotado de voluntad para frustrarlo y vejarlo, veo con toda claridad que para Nippers tanto el agua como el coñac eran totalmente superfluos.

Por fortuna para mí, debido a su causa particular —la indigestión—, la irritabilidad y el consecuente nerviosismo de Nippers se observaban sobre todo por la mañana, mientras que por la tarde parecía, en términos comparativos, bastante tranquilo. De ese modo, como Turkey solo alcanzaba el paroxismo a partir de las doce, nunca tuve que ocuparme de sus excentricidades al mismo tiempo. Sus ataques se daban

Vestía siempre con elegancia.

relevos, como los guardias. Cuando el de Nippers entraba en acción, el de Turkey descansaba; y viceversa. Vistas las circunstancias, era un buen arreglo.

Ginger Nut, el tercero de mi lista, era un muchacho de unos doce años. Su padre era cochero y tenía la ambición de ver a su hijo sentado en los bancos del tribunal, y no en el pescante, antes de morir. Por eso lo mandó a mi oficina, donde —además de hacer de pasante— hacía los recados, limpiaba y barría por un dólar a la semana. Tenía adjudicado un escritorio, pero no lo usaba demasiado. Cualquiera que inspeccionara su cajón se encontraba con una gran variedad de cáscaras de frutos secos. Sin duda, para aquel joven de ingenio perspicaz, toda la noble ciencia de la ley cabía en una cáscara de nuez. Una de sus funciones, y no precisamente la menos importante, consistía en proveer de pasteles y manzanas a Turkey y Nippers, y la desempeñaba con el mayor entusiasmo. Como la copia de papeles legales es una tarea que predispone a la sequedad y a la ronquera, a mis dos amanuenses solía apetecerles hidratar la boca con las manzanas Spitzenberg que se encontraban en los abundantes puestos cercanos a la Aduana y a la oficina de Correos. También enviaban con frecuencia a Ginger Nut en busca de aquel particular pastelito —pequeño, plano, redondo y muy especiado— que habían tomado como referencia para bautizarlo a él con su mote. En las mañanas frías, cuando no había demasiado trabajo, Turkey los devoraba por docenas, como si fueran meras obleas —es cierto que con un solo penique se podían comprar seis u ocho—, y el roce de la plumilla se confundía con el ruido de las partículas más crujientes en su boca. Entre todas las fogosas trastadas y frenéticas precipitaciones vespertinas de Turkey, recuerdo que una vez humedeció un pastelito de jengibre entre los labios y lo pegó en una escritura a modo de sello. Estuve en un tris de despedirlo en ese momento. Sin embargo, me apaciguó con una reverencia oriental y me dijo:

—Con toda mi sumisión, señor, creo que pagar de mi bolsillo el coste del sello ha sido un acto de generosidad.

El caso es que mi negocio principal —la copia de transferencias inmobiliarias, la búsqueda de títulos de propiedad y la redacción de recónditos documentos de toda clase— aumentó de modo considerable con la asesoría del Tribunal de Equidad. Tenía mucho trabajo de copia. No solo tenía que apremiar a mis empleados, sino que me veía obligado a contratar más personal. En respuesta a mi anuncio, una mañana se presentó un joven tranquilo y al encontrarse la puerta de la oficina abierta, porque era verano, se quedó plantado en el umbral. Todavía puedo ver esa figura: ¡pulcra palidez, penosa decencia, incurable desconsuelo! Era Bartleby.

Lo contraté tras una breve conversación sobre su idoneidad, feliz de contar en mi brigada de copistas con un hombre de aspecto tan singularmente sosegado, convencido de que podría influir de manera beneficiosa en el veleidoso temperamento de Turkey, así como en la fogosidad de Nippers.

Debería haber señalado previamente que unas puertas acristaladas dividían mis oficinas en dos partes: una para mis amanuenses; la otra para mí. Las mantenía abiertas o cerradas según mi estado de ánimo. Decidí adjudicar a Bartleby un rincón junto a las puertas, pero en la mitad de mi lado, para tener a aquel hombre tranquilo a mi alcance si necesitaba encargar cualquier tarea sin importancia. Coloqué su escritorio cerca de una pequeña ventana de aquella parte de la sala, una ventana que en su origen ofrecía una visión lateral de ciertos muretes y algunos patios traseros mugrientos, pero que, tras subsecuentes edificaciones, ya no ofrecía vista alguna, aunque sí permitía el paso de algo de luz. Como había una pared a un metro escaso de la ventana, la luz caía desde muy lejos entre dos edificios altos, como si procediera de una minúscula apertura en una bóveda. Como ese arreglo no acababa de parecerme satisfactorio, hice instalar un alto biombo verde que ocultaba a Bartleby por completo de mi vista sin impedir que él me oyera. Así, en cierto modo, la intimidad y la convivencia se conjugaron.

Al principio, Bartleby producía una cantidad de escritos extraordinaria. Parecía que se diera un atracón con mis documentos, como si hubiera pasado un largo ayuno de textos por copiar. No había pausa para la digestión. Copiaba día y noche sirviéndose, respectivamente, de la luz del día o de las velas. De haber percibido cierta alegría en su laboriosidad, esa dedicación me habría parecido encantadora. Pero el ánimo de Bartleby al escribir era silencioso, mortecino, mecánico.

Una parte del trabajo de un amanuense consiste, por supuesto, en verificar la fidelidad de su copia, palabra por palabra. Cuando hay dos o más de ellos en una oficina, se ayudan mutuamente en la revisión, leyendo uno la copia mientras el otro coteja el original. Es una tarea muy sosa, agotadora y letárgica. No me cuesta imaginar que para algunos temperamentos impulsivos llegue a resultar intolerable. Por ejemplo, dudo mucho que el brioso poeta Byron hubiera podido sentarse alegremente con Bartleby a examinar un documento legal de, digamos, quinientas páginas de letra apretujada.

De vez en cuando, en los momentos de mayor apremio, yo había adoptado la costumbre de echar una mano con algún documento breve, a cuyo propósito solía acudir a los escritorios de Turkey y Nippers. Uno de mis objetivos al situar a Bartleby tan cerca de mí, detrás de aquel biombo, era disponer de sus servicios en esas ocasiones triviales. Creo que fue al tercer día de su llegada a mi oficina, sin que se hubiera presentado todavía la necesidad de examinar la calidad de su escritura, cuando, con grandes prisas por terminar algún asunto que me llevaba entre manos, llamé abruptamente a Bartleby. Con las prisas, y dando por hecho de manera natural que él obedecería al instante, permanecí sentado con la cabeza inclinada sobre el original que tenía en el escritorio y la mano derecha tendida hacia el lado, extendida con la copia en un gesto relativamente nervioso para que él la tomara de inmediato, nada más llegar desde su refugio, y pudiera aplicarse a la tarea sin la menor dilación.

En esa actitud estaba yo sentado cuando lo llamé, y le informé con toda rapidez de lo que necesitaba que hiciera: es decir, examinar un pequeño papel conmigo. Imaginen mi sorpresa —o, mejor dicho, mi consternación— cuando, sin salir siquiera de su encierro, Bartleby replicó con una voz particularmente serena y firme:

—Preferiría no hacerlo.

Me quedé un momento sentado en silencio absoluto, intentando recuperar mis atónitas facultades. Lo primero que se me ocurrió fue que me habían engañado los oídos, o que tal vez Bartleby no había entendido nada de lo que le estaba pidiendo. Repetí la petición en el tono más claro que fui capaz de articular. Sin embargo, con la misma nitidez me llegó la reiteración de la respuesta anterior:

—Preferiría no hacerlo.

—Preferiría no hacerlo —repetí, levantándome con gran excitación para cruzar la sala en unas pocas zancadas—. ¿Qué quiere decir? ¿Está delirando? Quiero que me ayude a cotejar esta página. Tenga, tómela. —Y se la acerqué.

—Preferiría no hacerlo —dijo.

Le clavé una mirada inquebrantable. Tenía un semblante austero; en sus ojos grises había una calma sosegada. Ni una sombra de agitación. Si su actitud hubiera mostrado la menor incomodidad, rabia, impaciencia o impertinencia; en otras palabras, si hubiese percibido en su comportamiento algún rastro ordinariamente humano, lo habría expulsado de mi oficina con cajas destempladas. Sin embargo, tal como estaban las cosas, era como si me hubiese dado por echar por la puerta el blanco busto de escayola

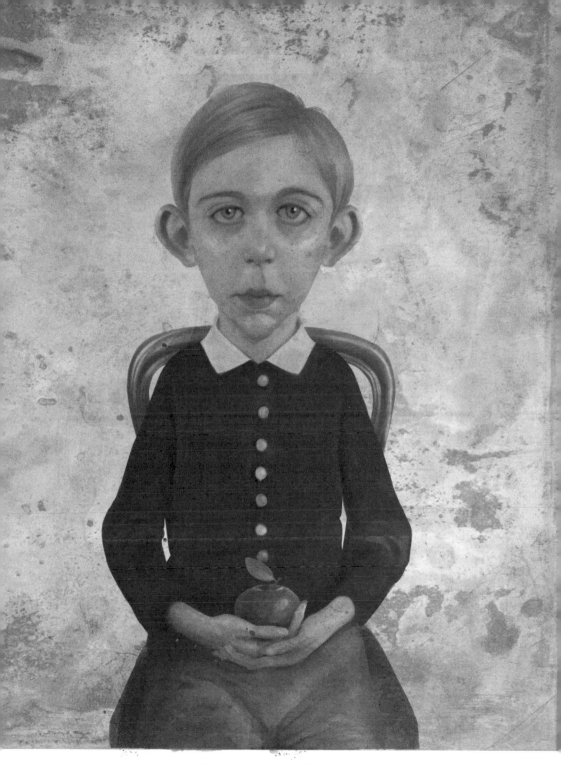

El tercero de mi lista.

de Cicerón. Me lo quedé mirando un rato mientras él seguía escribiendo, y luego fui a sentarme a mi escritorio. Qué extraño, pensé. ¿Qué debía hacer? Pero el trabajo apremiaba. Decidí olvidar el asunto de momento y reservarlo para algún momento futuro de ocio. De modo que llamé a Nippers, este acudió desde la otra sala y examinamos a toda prisa el documento.

A los pocos días, Bartleby terminó cuatro documentos largos, copias cuádruples de un testimonio tomado en mi presencia, a lo largo de una semana, en el Alto Tribunal de la Cancillería. Era necesario supervisarlos. Se trataba de un juicio importante, que exigía el mayor perfeccionismo. Una vez preparado todo llamé a Turkey, Nippers y Ginger Nut para que acudieran desde la otra sala, con la intención de poner las cuatro copias en manos de mis cuatro empleados mientras yo leía el original. Cumpliendo lo previsto, Turkey, Nippers y Ginger Nut se habían sentado ya en fila, cada uno con su documento en la mano, cuando llamé a Bartleby para que se sumara a ese interesante grupo.

—¡Bartleby! ¡Dese prisa! Estoy esperando. Oí el lento roce de las patas de su silla sobre el suelo sin moqueta y al punto apareció él, plantado en la entrada de su ermita.

—¿Qué desea? —preguntó en tono pausado.

—Las copias, las copias —dije, con premura—. Las vamos a revisar. Tenga. —Y le tendí la cuarta copia.

—Preferiría no hacerlo —dijo, y desapareció tan tranquilamente tras su biombo.

Me quedé unos instantes convertido en estatua de sal, plantado en la cabecera de mi columna de oficinistas sentados. Tras recuperar la compostura, avancé hacia el biombo y exigí saber la razón de tan extraordinario comportamiento.

—¿Por qué se niega?

—Porque preferiría no hacerlo.

Ante cualquier otro hombre, me habría dado directamente un horrible ataque y, dando por inútil el uso de la palabra, lo habría echado de mi vista con la mayor humillación. Sin embargo, Bartleby tenía algo que no solo me desarmaba de un modo singular, llegaba incluso a afectarme y desconcertarme de un modo asombroso. Me puse a razonar con él.

—Las copias que estamos a punto de examinar son suyas. Le estamos ahorrando trabajo, puesto que con una sola revisión cotejaremos las cuatro copias. Es una práctica común. Todos los copistas saben que deben colaborar en la supervisión de sus copias. ¿O acaso no es así? ¿No piensa hablar? ¡Conteste!

—Prefiero no hacerlo —respondió en tono aflautado.

Me dio la sensación de que mientras yo le hablaba él iba repasando atentamente cada una de mis afirmaciones; que comprendía del todo su significado; que no podía contradecir las inevitables conclusiones; y, sin embargo, al mismo tiempo, alguna consideración superior le imponía la obligación de responder de aquella manera.

—Entonces, ¿ha decidido no acceder a mi solicitud? ¿A una solicitud que, además de responder a una práctica habitual, es de sentido común?

Me dio a entender brevemente que en ese extremo mi juicio era acertado. Sí: su decisión era irrevocable.

No es inusual que, al verse confrontado de un modo inopinado y violentamente desprovisto de cualquier razón, un hombre vea tambalearse sus más sencillas creencias. Que empiece, por así decirlo, a conjeturar que tal vez toda la justicia y la razón estén, por asombroso que parezca, del otro lado. En consecuencia, si dispone de la presencia de alguna persona imparcial, acude a ella en busca de un refuerzo para su mente vacilante.

—Turkey —dije—, ¿qué opinión le merece esto? ¿Acaso no tengo razón?

—Con su permiso, señor —dijo Turkey, en su más solícito tono—, creo que sí la tiene.

—Nippers —insistí—. ¿Y usted qué opina?

—Yo lo echaría a patadas de la oficina.

(El lector despierto habrá apreciado aquí que, por ocurrir todo esto de buena mañana, la respuesta de Turkey se formula en términos tranquilos y educados, mientras que Nippers responde de mal tono. O, por recordar la expresión usada con anterioridad, los malos modos de Nippers estaban en marcha y los de Turkey, en reposo.)

—Ginger Nut —dije, deseoso de convocar en mi apoyo el mayor sufragio posible—, ¿a ti qué te parece?

—Yo diría, señor, que está un poco ido —respondió Ginger Nut, con una sonrisa.

—Ya ha oído lo que opinan —dije, volviéndome hacia el biombo—. Salga y cumpla con su deber.

Sin embargo, Bartleby no me concedió respuesta alguna. Cavilé un momento, con una amarga perplejidad. Pero de nuevo me pudo la premura del trabajo. Decidí una vez más posponer la consideración de aquel dilema hasta cuando tuviera un rato libre. Con algún que otro aprieto conseguimos revisar las copias sin Bartleby, aunque cada dos o tres páginas Turkey tenía la deferencia de dejar caer su opinión, según la cual se trataba de un procedimiento fuera de lo común; al mismo tiempo, Nippers, agitándose en la silla con su nerviosismo dispéptico, mascullaba entre dientes alguna que otra maldición entre susurros contra el tozudo patán que permanecía al otro lado del biombo. Por su parte (la de Nippers), era la primera y última vez que se ocupaba de un trabajo ajeno sin cobrar.

Mientras tanto, Bartleby seguía sentado en su ermita, ajeno a todo lo fueran las tareas particulares que allí desempeñaba.

Pasaron algunos días, en los que el amanuense se mantuvo ocupado con otro trabajo de buena extensión. Como se había comportado de aquel modo tan llamativo, me dediqué a observarlo con mucha atención. Vi que nunca salía a comer; de hecho, que no iba a ningún lado. Que yo supiera, jamás había abandonado la oficina. Era un centinela perpetuo en su rincón. Hacia las once de la mañana, sin embargo, noté que Ginger Nut avanzaba hacia la apertura del biombo, como si, por medio de algún gesto que yo no podía ver desde donde estaba sentado, alguien lo hubiese convocado. A continuación, el muchacho salía de la oficina haciendo tintinear unas cuantas monedas y reaparecía con un puñado de pastelitos de jengibre en la mano, que entregaba al ermitaño, recibiendo a cambio dos de esos mismos pastelitos en compensación por sus molestias.

Así que se alimenta de bizcochos de jengibre, pensé; nunca un plato que merezca el nombre de almuerzo; entonces, será vegetariano. Mas no, ni siquiera comía verdura; solo bizcochos de jengibre. Mi mente se puso entonces a desvariar acerca de los efectos probables en la constitución humana de una alimentación exclusivamente a base de bizcochos de jengibre. Se llaman así porque el jengibre es uno de sus ingredientes particulares, que por otra parte les aporta el gusto definitivo. ¿Y qué era el jengibre? Algo picante, especiado. ¿Bartleby era picante, especiado? En absoluto. El jengibre, entonces, no tenía efecto en él. Probablemente, él mismo lo prefería así.

No hay mayor agravio para una persona formal que la resistencia pasiva. Si el que se enfrenta a la resistencia no tiene un temperamento inhumano y el que la ofrece es absolutamente inocuo en su pasividad, el primero, en sus mejores momentos, procurará por caridad interpretar por medio de la imaginación aquello que no alcance a resolver por medio del raciocinio. Así fue como, en su mayor parte, contemplé yo la actitud de Bartleby. «¡Pobre hombre! —pensaba—; no lo hace por maldad; está claro que no quiere ser insolente; su aspecto se basta para demostrar que sus excentricidades son involuntarias. Me resulta útil. Puedo llevarme bien con él. Si lo despido, lo más probable es que caiga en manos de un patrón menos indulgente que lo tratará con rudeza y tal vez acabe viéndose en la circunstancia desgraciada de pasar hambre. Sí. Por bien poco puedo permitirme esta indulgencia conmigo mismo; cultivar la amistad de Bartleby; seguirle la corriente en su extraña terquedad mientras atesoro en mi alma lo que en última instancia terminará siendo un dulce bocado para mi conciencia.» Sin embargo, ese estado de ánimo no era constante por mi parte. A veces, la pasividad de Bartleby me irritaba. Sentía como una extraña provocación para chocar con él en un nuevo enfrentamiento, para despertar en él un destello de rabia equiparable a los míos. Desde luego, habría dado lo mismo que intentara arrancar una chispa de fuego frotando los nudillos contra una pastilla de jabón de Windsor. Sin embargo, una tarde me dejé dominar por un impulso maligno que tuvo como consecuencia esta pequeña escena:

—Bartleby —dije—, cuando estén copiados todos esos papeles los cotejaré con usted.

—Preferiría no hacerlo.

—¿Perdón? Sin duda, no pretenderá persistir en tan terco antojo…

No respondió.

Abrí las puertas que quedaban junto a él y, dirigiéndome a Turkey y Nippers, exclamé con gran excitación:

—Dice, por segunda vez, que no va a repasar las copias. ¿Qué opinión le merece, Turkey?

Era por la tarde, no lo olviden. Turkey resplandecía en su asiento como un brasero, echaba vapor por la calva y agitaba las manos entre papeles emborronados.

—¿Opinión? —bramó Turkey—. ¡Creo que voy a entrar por ese biombo y le voy a dejar los ojos amoratados!

Tras decir esas palabras, Turkey se puso en pie y alzó los brazos en pose de púgil. Ya se apresuraba a cumplir su promesa cuando lo detuve, alarmado ante el efecto que pudiera tener mi incauta provocación de su combatividad después del almuerzo.

—Siéntese, Turkey —dije—, y oigamos qué dice Nippers. ¿Qué opina usted, Nippers? ¿No le parece que tengo razones para despedir de inmediato a Bartleby?

—Disculpe, señor, eso debe decidirlo usted. Me parece que su actitud es bastante inusual e injusta, desde luego, en cuanto concierne a Turkey y a mí mismo. Mas tal vez se trate de un capricho pasajero.

—Todo por la cerveza —exclamó Turkey—. Esa amabilidad es puro efecto de la cerveza. Nippers y yo hemos almorzado juntos. Ya ve lo amable que estoy yo, señor. ¿Entro y le dejo los ojos amoratados?

—Supongo que se referirá a Bartleby. No, hoy no, Turkey —respondí—. Se lo ruego, baje los puños.

Cerré las puertas y me acerqué de nuevo a Bartleby. Tenía un nuevo incentivo para tentar mi suerte. Ardía en deseos de que se rebelara una vez más. Recordé que Bartleby nunca salía de la oficina.

—Bartleby —le dije—, Ginger Nut ha salido; vaya a la oficina de Correos, hágame el favor, y vea si hay algo para mí.

(Era un paseo de unos tres minutos.)

—Preferiría no hacerlo.

—¿Se está negando?

—He dicho que lo preferiría.

Regresé aturdido a mi escritorio y me senté, sumido en profundas cavilaciones. De nuevo se impuso mi crónica ceguera. ¿Había algún otro asunto que pudiera servirme para provocar la repulsa de aquella criatura escuálida y mísera? ¿De aquel oficinista a sueldo?

¿Otra tarea absolutamente razonable que él, sin duda, rechazaría?

—¡Bartleby!

Sin respuesta.

—¡Bartleby! —Más alto.

Sin respuesta.

—¡Bartleby! —bramé.

Como si fuera un fantasma, acorde con las leyes de la invocación mágica, a la tercera llamada se plantó en la entrada de su ermita.

—Vaya a la otra sala y dígale a Nippers que venga a verme.

—Preferiría no hacerlo —dijo lentamente, en tono respetuoso, antes de desaparecer sin aspavientos.

—Muy bien, Bartleby —dije.

Mi tono, serenamente severo y ensimismado, sugería la resolución inalterable de aplicar, de inmediato, alguna terrible represalia. En ese momento, me inclinaba a medias por hacer algo por el estilo. Sin embargo, al final, como ya se acercaba la hora de la cena, me pareció más prudente ponerme el sombrero, dar por concluida la jornada y marcharme a casa caminando, con gran sufrimiento por la perplejidad y la inquietud que me rondaban la mente.

¿Debo admitirlo? La conclusión de todo el asunto fue que pronto quedó establecido en mi oficina el hecho de que un joven y pálido amanuense llamado Bartleby tenía allí su escritorio; que trabajaba para mí como copista con la tarifa corriente de cuatro céntimos el folio (un centenar de palabras),

Coloqué su escritorio cerca de una pequeña ventana.

pero quedaba permanentemente exento de la obligación de revisar sus trabajos, tarea que se transfería a Turkey y Nippers, en un indudable halago de su mayor agudeza; además, al susodicho Bartleby no se le podía mandar jamás a cumplir ni el más trivial encargo; incluso si se le suplicaba que aceptara alguno, se daba por hecho que preferiría no hacerlo; en otras palabras, que lo rechazaría de plano.

A medida que pasaban los días, yo me iba reconciliando con Bartleby. Su constancia, su falta absoluta de disipación, su incesante aplicación (salvo cuando se entregaba a una de sus ensoñaciones, al otro lado del biombo), su gran serenidad, sumada a una actitud inalterable en cualesquiera circunstancias, lo convertían en una valiosa adquisición. Una razón importante: siempre estaba ahí. Era el primero en llegar, pasaba allí el día entero y se iba el último. Yo confiaba de manera particular en su honestidad. Tenía la sensación de que mis papeles más valiosos estaban a salvo en sus manos. Cierto que a veces, muy a mi pesar, no podía evitar los arrebatos espasmódicos y apasionados que me provocaba. Es que resultaba en extremo difícil tener en cuenta permanentemente todas sus extrañas peculiaridades, sus privilegios, aquellas exenciones sin precedente que, desde el punto de vista de Bartleby y en una formulación tácita, le permitían permanecer en mi oficina. De vez en cuando, con la premura de despachar algún asunto urgente, yo convocaba a Bartleby sin darme cuenta con una voz rápida y seca para que, por ejemplo, pusiera un dedo en el cabo corto de un cordón rojo con el que yo estaba a punto de atar un legajo. Por supuesto, desde el otro lado del biombo me llegaba con toda certeza la respuesta habitual: «Preferiría no hacerlo». Y entonces, ¿cómo podía una criatura humana con las debilidades propias de nuestra naturaleza evitar protestar amargamente ante semejante perversidad, semejante insensatez? En cualquier caso, cada vez que recibía un nuevo rechazo de ese tipo se iba reduciendo la posibilidad de que volviera a convocarlo sin darme cuenta. Aquí debo decir que, tal como es costumbre entre la mayor parte de los caballeros que tienen sus oficinas en edificios legales densamente poblados, había unas cuantas copias de la llave de mi puerta. Una de ellas la conservaba una mujer que residía en el ático, quien quitaba el polvo y barría el suelo todos los días, y lo fregaba una vez por semana. La otra la tenía Turkey para mayor comodidad de todos. La tercera la llevaba yo a veces en el bolsillo. Ya no sabía quién tenía la cuarta.

El caso es que un domingo por la mañana me dio por ir a la iglesia de la Trinidad para escuchar a un célebre predicador y, al comprobar que había llegado demasiado pronto, pensé que podía caminar un poco y pasarme un rato por la oficina. Por suerte, llevaba la llave conmigo; sin embargo, al introducirla en la cerradura encontré resistencia por la parte interior. Sorprendido, llamé; para mi consternación, alguien dio una vuelta a la llave por dentro; al punto se abrió la puerta de par en par y me vi ante aquel rostro escuálido; la aparición de Bartleby apareció en mangas de camisa, a medio vestir, y un aspecto extrañamente andrajoso, para decirme en tono tranquilo que lo lamentaba pero, por encontrarse muy atareado, prefería no dejarme entrar en aquel momento. Con palabras contadas añadió que tal vez sería mejor que diera dos o tres vueltas a la manzana y para entonces tal vez ya habría concluido él sus quehaceres.

En fin, la presencia absolutamente inesperada de Bartleby en mi oficina un domingo por la mañana, con aquella indiferencia suya, tan caballerosamente cadavérica, y sin embargo al mismo tiempo tan firme y seguro de sí, tuvo un efecto tan extraño en mí que sin poderlo evitar me aparté de la puerta e hice lo que se me pedía. Mas no sin sentir unas cuantas punzadas de rebelión impotente contra la lánguida desfachatez de aquel inaprensible amanuense. Sin duda, lo que más contribuía a dejarme no solo desarmado, sino incluso amedrentado, era su asombrosa serenidad. Porque tengo para mí que, para permitir con toda tranquilidad que un empleado le dé órdenes y hasta le obligue a abandonar una oficina de su propiedad, uno tiene que estar amedrentado. Para colmo, me incomodaban las dudas sobre qué podía hacer Bartleby en mi oficina un domingo por la mañana, en mangas de camisa y con apariencia descompuesta. ¿Ocurría algo inapropiado? No, eso ni se planteaba. Ni por un instante se podía pensar que Bartleby fuera un tipo inmoral. Y sin embargo…, ¿qué podía hacer ahí? ¿Copiar? Tampoco. Pese a todas sus excentricidades, Bartleby era, eminentemente, un hombre decoroso. Lo último que se le podía ocurrir era sentarse a trabajar ante su escritorio en aquel estado tan cercano a la desnudez. Además, era domingo; algo en el comportamiento de Bartleby me impedía suponer que pudiera violar los rigores del día con una ocupación secular.

Aun así, no hallé paz para mi mente; impelido por una inquieta curiosidad, regresé al fin a mi puerta. Inserté la llave sin encontrar resistencia, abrí la puerta y entré. Ni rastro de Bartleby. Lo busqué con ansiedad, incluso me asomé por el biombo; pero estaba claro que se había marchado. Tras examinar el lugar con más atención, concluí que durante un período indefinido de tiempo Bartleby debía de haber usado mi oficina para comer, vestirse y dormir, y todo ello sin platos, espejos ni cama. El asiento de un viejo sofá destartalado que había en un rincón conservaba la leve huella de un cuerpo escuálido tendido. Encontré una manta enrollada bajo su escritorio; bajo la rejilla del hogar en desuso, una caja de betún y un cepillo; en una silla, una palangana de latón, con algo de jabón y una toalla andrajosa; en un papel de periódico, unas migas de bizcocho de jengibre y un bocado de queso. «Sí —pensé—, es evidente que Bartleby había instalado aquí su hogar, como si esta oficina fuera su pisito de soltero.» Mas de inmediato acudió a mi mente un pensamiento: ¡qué desgraciada carencia de amigos y de amor se revelaba ante mis ojos! Qué grande su pobreza; mas su soledad... ¡qué horrible! Piénsenlo. En domingo, Wall Street está tan vacía como Petra; igual de vacía está entre semana por las noches. También en mi edificio, con todo su bullicio de vida y de trabajo en días laborables, retumba de noche el eco de los lugares vacíos, y a lo largo de los domingos se impone la desolación. Allí es donde instala su hogar Bartleby; único espectador de una soledad que ha visto poblada, una especie de inocente y transformado Mario, taciturno entre las ruinas de Cartago.

Por primera vez en mi vida, me dominó una sensación abrumadora de punzante melancolía. Hasta entonces, tan solo había experimentado una tristeza que no llegaba a ser desagradable del todo. El vínculo de una humanidad compartida me arrastró entonces a una melancolía irresistible. ¡Una melancolía fraternal! Al fin y al cabo, Bartleby y yo éramos hijos de Adán. Recordé los brillantes talentos, los rostros relucientes que había visto aquel día, engalanados, deslizándose como cisnes por el Mississippi de Broadway; los comparé con el pálido copista y pensé para mí: ah, la felicidad seduce a la luz para que creamos que el mundo es feliz; en cambio, la desgracia se esconde a solas para que creamos que no existe. Esos pensamientos tristes —quimeras, sin duda, de un cerebro enfermo y atontado— derivaron en otros pensamientos más especiales a propósito de las excentricidades de Bartleby. Me acechaba el presagio de extraños descubrimientos. La figura del pálido amanuense se me apareció tendida, entre indiferentes desconocidos, en su estremecida mortaja.

De pronto, me llamó la atención el escritorio de Bartleby, cerrado pero con la llave a la vista en la cerradura.

«No me impulsa malicia alguna —pensé—, ni pretendo gratificar una curiosidad despiadada; además, el escritorio es mío y también lo es su contenido, de modo que debo atreverme a mirar en el interior.» Todo estaba dispuesto metódicamente, cada papel en su sitio. Como los casilleros eran hondos, aparté los papeles archivados y hundí los dedos en los huecos. Enseguida palpé algo y procedí a sacarlo. Era un pañuelo grande, pesado y anudado. Al abrirlo vi que era como una hucha.

En ese momento recordé todos los serenos misterios que había percibido en aquel hombre. Recordé que solo hablaba cuando debía responder; que, si bien disponía de intervalos que podía dedicar a la lectura, jamás lo había visto leer, ni siquiera el periódico; que pasaba largos períodos mirando hacia fuera, por la insulsa ventana que quedaba tras el biombo orientada hacia el ciego muro de ladrillos. Estaba bastante seguro de que nunca había visitado una cantina, o un comedor; además, la palidez de su rostro indicaba a las claras que nunca bebía cerveza como Turkey, o siquiera té o café, como los demás hombres; que no me constaba que fuera nunca a ningún lugar; que jamás había salido a pasear, salvo que lo estuviera haciendo en aquel mismo momento; que se había negado a contar quién era, de dónde venía o si tenía parientes en este mundo; que pese a ser tan pálido y delgado jamás se había quejado de mala salud. Y por encima de todo eso recordé cierto aire inconsciente de insípida..., ¿cómo llamarlo?, de insípida arrogancia, digamos, o mejor de austera reserva, que sin duda me había hechizado para que adoptara aquella dócil aceptación de sus excentricidades, hasta el extremo de sentir miedo de encargarle hasta el menor recadito, incluso cuando me constaba, gracias a su prolongada inmovilidad, que al otro lado del biombo Bartleby tenía que estar mirando el muro ciego y sumido en uno de sus ensueños.

Con todas esas cavilaciones, aunadas al reciente descubrimiento del hecho de que Bartleby había convertido mi oficina en su hogar y residencia, y sin olvidar su mórbida predisposición; con todas esas cavilaciones empezó a invadirme una sensación de prudencia. Mis primeras emociones habían sido la mera melancolía, junto con la compasión más sincera; sin embargo, de modo proporcional al tamaño creciente que iba adoptando la desolación de Bartleby en mi imaginación, la melancolía empezó a mezclarse con el miedo, la compasión con la repugnancia. Así que es cierto, y no deja de ser terrible, que, hasta cierto punto, al pensar en la desgracia ajena, o contemplarla, se despiertan nuestros mejores afectos; sin embargo, en ciertos casos especiales, a partir de dicho punto deja de ser así. Se equivocan quienes afirman que ello se debe, de modo invariable, al egoísmo inherente al corazón de los hombres. Más bien procede de cierta desesperanza de remediar un malestar excesivo y orgánico. Para cualquier ser sensible, la compasión implica, a menudo, dolor. Y cuando al fin se percibe que dicha compasión no puede traducirse en un auxilio efectivo, el sentido común nos invita a deshacernos de ella. Lo que vi esa mañana me persuadió de que el amanuense era víctima de una enfermedad innata e incurable. Yo podía dar limosnas a su cuerpo; mas no era el cuerpo lo que le dolía; el sufrimiento le afectaba al alma, lejos de mi alcance.

Esa mañana no cumplí mi propósito de ir a la iglesia de la Trinidad. En cierta medida, lo que había visto me indisponía, durante un tiempo, para acudir a la iglesia. Regresé a casa caminando mientras pensaba qué iba a hacer con Bartleby. Al fin, tomé la siguiente resolución: a la mañana siguiente le haría algunas preguntas con calma, a propósito de sus antecedentes y otras cosas por el estilo. Si se negaba a responderlas de manera abierta y sin reservas (y ya supuse que preferiría no hacerlo), le daría un billete de veinte dólares añadido a cualquier cantidad que pudiera deberle y le diría que ya no requería sus servicios; pero que si podía ayudarle de cualquier otro modo lo haría encantado, sobre todo si deseaba regresar a su lugar de nacimiento, fuera cual fuese, en cuyo caso de buen grado me encargaría de correr con los gastos correspondientes. Además, si tras su regreso a casa en cualquier momento se encontraba necesitado de ayuda, podía tener la certeza de que sus cartas no quedarían sin respuesta.

Llegó la mañana siguiente.

—Bartleby —dije en tono amable, para llamarlo al otro lado del biombo.

No respondió.

—Bartleby —insistí, en un tono más amable todavía—, venga conmigo; no le voy a pedir que haga nada que prefiera no hacer... Solo quiero hablar con usted.

Al oírlo, se presentó ante mí sin hacer el menor ruido.

—¿Quiere decirme, señor Bartleby, de dónde es?

—Preferiría no hacerlo.

—¿Quiere decirme cualquier cosa acerca de usted?

—Preferiría no hacerlo.

—Pero... ¿acaso tiene alguna objeción razonable que le impida hablar conmigo? Yo creo que podríamos ser amigos.

En vez de mirarme, mientras yo hablaba Bartleby mantenía la mirada clavada en mi busto de Cicerón, que al sentarme quedaba justo detrás de mí, unos quince centímetros por encima de mi cabeza.

—¿Qué me responde, Bartleby? —le dije.

Durante el largo rato que había pasado esperando su respuesta, su semblante había permanecido inmutable, salvo por el temblor más leve que se pueda imaginar en sus labios descoloridos.

—Por el momento, prefiero no responder —dijo, y se retiró a su ermita.

Admito que fue un gesto de debilidad, pero en esa ocasión sus modales me irritaron. No solo parecían esconder cierto desdén tranquilo, sino que expresaban una perversa ingratitud, habida cuenta del buen trato y la indulgencia que había recibido de mí.

Una vez más, me quedé sentado y rumiando qué debía hacer. Pese a que su comportamiento me mortificaba, y por mucho que antes de entrar en la oficina había decidido despedirlo, tuve la extraña sensación de que un impulso supersticioso llamaba a mi corazón, me impedía cumplir con mi propósito y me acusaba de villanía si me atrevía a pronunciar una sola palabra amarga contra el más desconsolado de los hombres. Al cabo, arrastré mi silla hasta el biombo, como ya casi tenía por costumbre, me senté y dije:

—Bartleby, dejemos entonces de lado el relato de su historial, pero permítame que le suplique, como amigo, que cumpla en la medida de lo posible con los hábitos de esta oficina. Dígame que sí ayudará a repasar las copias mañana, o al día siguiente; en pocas palabras, diga ahora mismo que dentro de uno o dos días empezará a comportarse de un modo un poco más razonable. Dígalo, Bartleby.

—De momento, preferiría no comportarme de un modo un poco más razonable —fue su respuesta, serenamente cadavérica.

Justo entonces se abrieron las puertas y se acercó Nippers. Parecía haber pasado una noche inusualmente mala, acaso inducida por una indigestión más severa de lo común. Al entrar oyó las últimas palabras de Bartleby.

—No lo *preferiría, ¿*eh? —masculló Nippers—. Yo de usted, señor, lo *preferiría* a él —añadió, dirigiéndose a mí—. Lo *preferiría* a él; le concedería preferencias a esa mula terca. ¿Qué es, señor, lo que *prefiere* no hacer esta vez?

Bartleby ni se movió.

—Señor Nippers —dije yo—, en este momento preferiría que se retirase.

Por alguna razón, últimamente había empezado a usar de manera involuntaria el verbo «preferir» en una serie de ocasiones en las que no era el más indicado. Al pensar que mi relación con el amanuense pudiera haber afectado ya seriamente mi salud mental me eché a temblar. ¿Qué clase de aberración mayor, y más profunda, podría provocar todavía?

Esa aprensión había tenido su eficacia a la hora de decidirme a adoptar medidas urgentes.

Cuando Nippers se alejaba ya, mohíno y amargado, se acercó Turkey, con aires de sumisión y deferencia.

—Con todos mis respetos, señor —dijo—, ayer estuve pensando en este Bartleby y creo que si prefiriese tomarse un botellín de buena cerveza cada día contribuiría en buena medida a corregir su actitud y le permitiría colaborar en la revisión de sus copias.

—Así que a usted también se le ha contagiado el verbo —dije yo, levemente emocionado.

—Con todos mis respetos, señor, ¿qué verbo? —preguntó Turkey, encajándose respetuosamente en el reducido espacio que quedaba tras el biombo, provocando al hacerlo que yo diera un pequeño empujón al amanuense—. ¿Qué verbo, señor?

—Preferiría que me dejaran a solas —dijo Bartleby, como si le ofendiera aquel acoso a su intimidad.

—Ese es el verbo, Turkey —dije—. Ese.

—Ah, ¿*preferir*? Ah, sí, curioso verbo. Yo nunca lo uso, pero, señor, tal como le iba diciendo, si él prefiriese...

—Turkey —lo interrumpí—, le ruego que se retire, por favor.

—Ah, claro, señor, si usted lo prefiere...

Cuando Turkey abrió la puerta de la sala para retirarse, Nippers me vio desde su escritorio y me preguntó si prefería que copiase determinado documento en papel azul o blanco. En ningún momento enfatizó el verbo «preferir» en tono jocoso. Era evidente que se le había escapado involuntariamente por la boca. Pensé que debía deshacerme de aquel demente que había afectado ya las lenguas, si no las mentes, de mis oficinistas e incluso la mía. Pero me pareció prudente no informarle de su despido en aquel mismo momento.

Al día siguiente me fijé en que Bartleby no hacía más que permanecer plantado ante su ventana, en uno de sus ensueños ante el muro ciego. Al preguntarle por qué no estaba trabajando, me dijo que había decidido no escribir más.

—Vaya, ¿y eso? ¡Lo que faltaba! —exclamé—. ¿Así que no escribir más?

—No escribir más.

—¿Y por qué razón?

—¿Acaso no la ve usted mismo?

Lo miré fijamente y me di cuenta de que tenía los ojos velados y mortecinos. Al instante me dio por pensar que a lo mejor aquella diligencia sin parangón que había demostrado al copiar documentos a la tenue luz de la ventana durante las primeras semanas de su estancia en mi oficina podía haberle perjudicado temporalmente la vista.

Me conmovió. Dije algo en señal de condolencia. Sugerí que dejar de escribir por un tiempo era, por supuesto, una sabia decisión; le incité a aprovechar la ocasión para hacer un poco de ejercicio saludable al aire libre. Algo que, sin embargo, no hizo. A los pocos días, en ausencia de mis otros dos empleados, se me presentó la necesidad de despachar con gran urgencia algunas cartas por correo y se me ocurrió que, como no tenía nada más que hacer en este mundo, tal vez Bartleby sería menos inflexible de lo habitual y aceptaría llevar esas cartas a la oficina de Correos. Sin embargo, se negó en redondo. En consecuencia, por mucho que me molestara, tuve que llevarlas yo.

Fueron pasando los días. No tenía modo de saber si los ojos de Bartleby mejoraban. A juzgar por las apariencias, más bien sí. Pero cuando se lo preguntaba, él no ofrecía respuesta. En cualquier caso, seguía sin copiar documentos. En última instancia, en respuesta a mi acoso, me informó de que había decidido dejar de copiar para siempre.

—¡Qué! —exclamé—. Supongamos que sus ojos se curan del todo, que están incluso mejor que antes. En ese caso, ¿tampoco volvería a copiar?

—He renunciado a copiar —anunció, y se echó a un lado.

Permaneció como siempre, convertido en un mueble más de mi oficina. Qué va, su condición de mueble aumentó —si eso es posible— más todavía. ¿Qué tenía que hacer yo? Si Bartleby no podía hacer nada en mi oficina, ¿por qué habría de quedarse? Para llamar a las cosas por su nombre, se había convertido en un lastre para mí; además de ser tan poco útil como una gargantilla, soportarlo era un tormento. Y, sin embargo, me daba lástima. Si afirmo que su mera presencia me incomodaba, digo poco menos que la verdad. Si Bartleby hubiese mencionado un solo pariente o amigo, yo le habría escrito de inmediato urgiéndole a llevarse al pobre hombre a algún lugar de retiro adecuado. Pero parecía estar solo, absolutamente solo en el universo. Como el pecio de un naufragio en medio del Atlántico. Con el tiempo, las necesidades generadas por mi oficio prevalecieron de manera tiránica sobre cualquier otra consideración. Con la mayor decencia posible, dije a Bartleby que tenía que abandonar la oficina, de modo incondicional, en un máximo de seis días. Le aconsejé que tomara medidas para, aprovechando el intervalo, encontrar otro lugar de residencia. Me ofrecí a ayudarlo en dicha tarea siempre que él diera los primeros pasos para procurarse una mudanza.

Bartleby no hacía más que permanecer plantado ante su ventana.

—Y cuando al fin nos abandone, Bartleby —añadí—, me encargaré de que no se vea despojado de todo. Dentro de seis días a esta misma hora, no lo olvide.

Expirado ese período, eché un vistazo tras el biombo y hete aquí que ahí mismo estaba Bartleby.

Me abroché el abrigo para recuperar el equilibrio; avancé lentamente hacia él, le di un toquecito en el hombro y le dije:

—Ha llegado la hora; tiene que salir de aquí. Lo lamento por usted. Ahí va mi dinero, pero tiene que irse.

—Preferiría no hacerlo —respondió, aún de espaldas a mí.

—Pero debe hacerlo.

Guardó silencio.

El caso es que yo tenía una confianza ilimitada en la honestidad común de aquel hombre. Me había devuelto con frecuencia monedas de peniques y chelines que en algún descuido habían caído al suelo, pues tiendo a ser descuidado con la calderilla. Lo que aconteció a continuación no parecerá, pues, extraordinario:

—Bartleby —le dije—, le debo doce dólares; aquí tiene treinta y dos. Los veinte de más son suyos. ¿Los va a aceptar? —Y le tendí los billetes.

Mas no hizo ademán alguno.

—En ese caso, se los dejo aquí —concluí, dejándolos en la mesa, bajo un pisapapeles. A continuación, agarré el sombrero y el bastón, me encaminé a la puerta, desde donde me di media vuelta para añadir—: Cuando haya sacado todas sus cosas de esta oficina, Bartleby, cierre bien la puerta, pues ya no ha de venir nadie más durante el día de hoy, y deje la llave, si no le importa, debajo del felpudo para que yo pueda recogerla por la mañana. Como no volveremos a vernos, me despido. Si de ahora en adelante puedo prestarle algún servicio en su nueva residencia, no deje de avisarme por carta. Adiós, Bartleby, que le vaya muy bien.

Mas no contestó ni una palabra; como la última columna de un templo en ruinas, se mantuvo de pie, en silencio, solitario en medio de una sala vacía salvo por él.

Mientras caminaba pensativo hacia mi casa, mi vanidad se apoderó de mi compasión. No podía sino vanagloriarme por haberme manejado de un modo tan magistral para deshacerme de Bartleby. Digo que era magistral y así se lo habría parecido a cualquier pensador desapasionado. La belleza de mi procedimiento radicaba en su absoluta tranquilidad. Nada de vulgares acosos, ninguna bravuconería, ni intimidaciones coléricas ni correrías arriba y abajo por la oficina gritándole órdenes vehementes a Bartleby para que metiera sus trapos de mendigo en un fardo y se largara. Nada por el estilo. Sin exigir a gritos la partida de Bartleby —como podría haber hecho un genio inferior—, yo había dado por sentado que debía irse; y sobre tal hecho había armado todo mi discurso. Cuanto más pensaba en mi manera de proceder, más encantado quedaba. Sin embargo, a la mañana siguiente, al despertarme, tuve mis dudas: en cierta medida, los vapores de la vanidad se habían disipado con el sueño. Uno de los momentos más serenos y sabios del hombre llega al despertarse por las mañanas. Mi manera de proceder seguía pareciéndome tan sagaz como antes..., pero solo en teoría. ¿En qué se traduciría en la práctica? Ahí estaba el problema. Haber dado por hecho que Bartleby se iría había sido una idea verdaderamente hermosa; pero, al fin y al cabo, era tan solo yo quien lo daba por hecho, no Bartleby. El gran asunto no estaba en que yo hubiera dado por hecho que se iría, sino en saber si él preferiría hacerlo o no. A Bartleby le interesaban más las preferencias que lo que se daba por hecho.

Después de desayunar bajé caminando a la oficina mientras sopesaba las probabilidades a favor y en contra. Por un momento creía que todo quedaría en un desgraciado fracaso y que me iba a encontrar a Bartleby bien instalado en mi oficina, como siempre; al siguiente, me parecía indudable que me iba a encontrar con su silla vacía. Así que seguí titubeando. En la esquina de las calles Broadway y Canal, vi un grupo de gente bastante emocionada, plantada en una conversación muy seria.

—Apuesto algo a que no lo hace —oí que decía una voz al pasar.

—¿Que no se irá? —intervine—. ¡Hecho! Ponga su dinero.

Cuando ya empezaba a seguir el instinto de echar mano del bolsillo para sacar el dinero, recordé que ese día había elecciones. Lo que había oído al pasar no tenía nada que ver con Bartleby, sino con la mayor o menor posibilidad de éxito de un candidato a la alcaldía. En mi obsesivo estado mental, había imaginado que todo Broadway compartía mi emoción y debatía el mismo asunto que yo. Seguí andando y agradecí que el ruido de la calle disimulara mi despiste momentáneo.

Tal como pretendía, llegué más pronto de lo habitual a la puerta de mi oficina. Agucé el oído un momento. No se oía nada. Debía de haberse ido. Probé el picaporte. La puerta estaba cerrada con llave. Sí, mi procedimiento había funcionado como un ensalmo: parecía que se hubiera desvanecido. Y, sin embargo, una melancolía se mezcló con esa sensación: casi lamentaba aquel éxito tan brillante. Estaba rebuscando la llave bajo el felpudo, donde se suponía que me la iba a dejar Bartleby, cuando accidentalmente golpeé con una rodilla la madera, que sonó como si estuviera llamando y provocó una respuesta desde dentro:

—Todavía no. Estoy ocupado.

Era Bartleby.

Me dejó petrificado. Por un instante me quedé como ese hombre que, hace mucho ya, murió por un rayo en una tarde despejada de verano en Virginia, con la pipa en la boca. El rayo lo alcanzó por la ventana, que tenía abierta por el calor, y allí lo dejó asomado a la tarde de ensueño, hasta que, al tocarlo alguien, el hombre cayó.

—¡No se ha ido! —murmuré al fin.

Una vez más, obedeciendo al asombroso ascendente que tenía sobre mí el inescrutable amanuense, un ascendente del que no era capaz de librarme pese a todas mis quejas, bajé lentamente la escalera, salí a la calle y, mientras caminaba en torno a la manzana, medité cuál debía ser mi siguiente paso en aquel estado de inédita perplejidad. No podía echar a aquel hombre a empujones; hacerle salir a base de insultos no serviría; llamar a la policía me parecía una idea desagradable; y, sin embargo, permitirle disfrutar de aquel cadavérico triunfo sobre mí... No, tampoco me lo podía plantear. ¿Qué debía hacer? Y si no podía hacer nada, ¿había algo más que pudiera dar por hecho? Sí, igual que antes había dado por hecho *a priori* que Bartleby se iría, ahora podía dar por hecho *a posteriori* que, efectivamente, se había ido. Llevando a la práctica esa suposición, con toda legitimidad, podía entrar en mi oficina con grandes prisas y, fingiendo no verlo, caminar directamente hacia él, como si fuera aire. De una manera particular, esa estrategia tendría toda la apariencia de una estocada. No parecía posible que Bartleby soportara esa aplicación de la doctrina de las suposiciones. Sin embargo, pensándolo bien, el éxito del plan parecía más bien dudoso. Decidí volver a discutir el asunto con él.

—Bartleby —dije, entrando en la oficina con una expresión de tranquila severidad—, tengo un disgusto muy serio. Estoy muy apenado, Bartleby. Tenía mejor concepto de usted. Imaginaba que en su caballerosa organización, ante cualquier dilema delicado bastaría una leve insinuación... En pocas palabras, una mera suposición. Mas parece que me engañaba. Vaya —añadí con un sobresalto nada ficticio—, ni siquiera ha tocado el dinero. —Y lo señalé, porque seguía donde lo había dejado la tarde anterior.

No contestó.

—¿Se va a ir? ¿Sí o no? —exigí saber a continuación en un arrebato repentino, al tiempo que avanzaba hacia él.

—Preferiría no irme —replicó, subrayando en tono amable el «no».

—¿Y qué derecho terrenal lo asiste para quedarse? ¿Acaso paga alquiler? ¿Paga mis impuestos? ¿Será que la oficina es de su propiedad?

No contestó.

—¿Está listo para ponerse a escribir? ¿Se han recuperado sus ojos? ¿Podría copiar un documento breve esta mañana para mí? ¿O ayudarme a repasar unas pocas líneas? ¿O acercarse a la oficina de Correos? En pocas palabras, ¿piensa hacer algo que justifique su negativa a abandonar el edificio?

Se retiró a su ermita en silencio.

Yo estaba en un estado de rencor nervioso tan extremado que me pareció prudente abstenerme en ese momento de proseguir con los reproches. Bartleby y yo estábamos solos. Recordé la tragedia del desafortunado Adams y el aún más desafortunado Colt en la solitaria oficina de este último; cómo el pobre Colt, tras una horrible provocación de Adams, tras permitirse imprudentemente alcanzar un estado de excitación enloquecido, se precipitó sin darse cuenta hasta cometer un acto fatal, un acto que sin duda ningún hombre deploraba tanto como él mismo. A menudo, en mis cavilaciones sobre ese asunto, me había dado por pensar que si ese altercado se hubiera producido en la calle, o en una residencia privada, no habría llegado a tal fin. Era la circunstancia de estar a solas en una oficina solitaria, en un piso alto de un edificio desprovisto por completo de asociaciones domésticas humanizadoras —una oficina sin moqueta, por supuesto, de aspecto polvoriento y destartalado—; tenía que ser eso lo que tanto contribuyó a incrementar la irritable desesperación del desaventurado Colt.

Mas cuando aquel resentimiento primario se apoderó de mí y me tentó a propósito de Bartleby, me enfrenté a él y lo derroté. ¿Cómo? Simplemente, recordando el precepto divino: «Un nuevo mandamiento os doy, que os améis los unos a los otros». Sí, eso fue lo que me salvó. Más allá de cualquier consideración, la caridad funciona a menudo como principio prudente y de gran sabiduría; un excelente amparo para quien la posee. Los hombres han asesinado por celos y por rabia, por odio y egoísmo, por orgullo espiritual; en cambio, que yo sepa, ningún hombre ha cometido jamás un asesinato diabólico en nombre de la dulce caridad. Así que el mero interés propio, si no se puede recurrir a otro motivo mejor, debería impulsar a todos los seres hacia la caridad y la filantropía, sobre todo entre hombres de mucho temperamento. En cualquier caso, en la ocasión que nos ocupa, me esforcé por sofocar mis exasperados sentimientos hacia el amanuense analizando su conducta. «¡Pobre desgraciado, pobre desgraciado! —pensé—, no tiene mala intención; además, ha pasado tiempos duros y merece indulgencia.»

Intenté enseguida mantenerme ocupado y, al tiempo, corregir mi desaliento. Quise imaginar que a lo largo de la mañana, en algún momento que él considerara conveniente, Bartleby, por su propia y libre voluntad, saldría de su ermita y se encaminaría a la puerta con paso decidido. Mas no. Llegaron las doce y media; se le encendió la cara a Turkey, que volcó el tintero y empezó su alboroto habitual; Nippers se fue apagando, cada vez más silencioso y cortés; Ginger Nut se comió su manzana del mediodía; y Bartleby se quedó plantado ante su ventana, en uno de sus ensueños más profundos ante el muro ciego. ¿Podrán creerme? ¿Debo reconocerlo? Esa tarde me fui de la oficina sin decirle ni una palabra más.

Así pasaron unos cuantos días, durante los cuales, en ratos sueltos de ocio, eché un vistazo a los textos de Edwards sobre testamentos y a los de Priestley sobre la necesidad. En aquellas circunstancias, esos libros me produjeron una sensación saludable. Poco a poco fui convenciéndome de que todos mis problemas con el amanuense me estaban predestinados desde la eternidad, de que se me había adjudicado a Bartleby por algún misterioso designio de la sabia Providencia que un simple mortal como yo no podía desentrañar. «Sí, Bartleby, quédese ahí tras su biombo; ya no lo perseguiré más; usted es tan inofensivo y silencioso como cualquiera de estas sillas viejas; en resumen, cuando sé que está usted ahí es cuando más gozo de mi intimidad. Por fin lo veo y lo siento; capto el propósito predestinado de mi vida. Me doy por satisfecho. Tal vez otros tengan papeles más elevados que interpretar, pero mi misión en este mundo, Bartleby, consiste en proveerle de una oficina para que permanezca en ella mientras le parezca oportuno.»

Creo que habría mantenido ese estado de ánimo sabio y bendito de no ser por los comentarios espontáneos y poco amables que dejaban caer los amigos de la profesión cuando visitaban mi oficina. Mas así suele suceder: la fricción constante de las mentes intolerantes termina por desgastar las mejores intenciones de las más generosas. Aunque, a decir verdad, si me detengo a pensarlo, no era extraño que a los demás, al entrar en mi oficina, les impresionara un poco el peculiar aspecto del inaprensible Bartleby y tuvieran la tentación de soltar alguna observación siniestra sobre él. A veces, un procurador que trabajaba conmigo pasaba por la oficina y, al encontrarse con que solo estaba Bartleby, se empeñaba en obtener de él alguna información sobre mi paradero; sin prestar la menor atención a su charla, Bartleby se quedaba plantado, inmóvil, en medio de la sala. Así que el procurador, tras contemplarlo un rato en semejante posición, se veía obligado a despedirse sin saber de mí más que antes.

Algo similar ocurría cuando se celebraba un acto cualquiera de conciliación y mi oficina se llenaba de abogados y testigos y apremiaba el trabajo; algún abogado muy ocupado, al ver a Bartleby completamente ocioso, le pedía que fuera corriendo a su oficina (la del abogado) a buscar tal o cual documento. En ese momento, Bartleby se negaba con toda tranquilidad y seguía tan ocioso como antes. Entonces, el abogado se lo quedaba mirando fijamente y luego se volvía hacia mí. ¿Y qué iba a decir yo? Al final tomé conciencia de que en todo el círculo de mis relaciones profesionales empezaba a correr un murmullo de asombro referido a la extraña criatura que yo mantenía en mi despacho. Eso me preocupó mucho. Y cuando me daba por pensar en la posibilidad de que Bartleby fuera muy longevo y siguiera habitando en mi

ALMA CLÁSICOS ILUSTRADOS

978-84-18395-16-1

978-84-18008-03-0

978-84-18008-97-9

978-84-18008-18-4

978-84-18008-12-2

978-84-18008-15-3

978-84-18008-16-0

978-84-18008-17-7

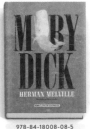

978-84-18008-08-5

978-84-18008-11-5

978-84-18008-14-6

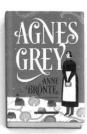

978-84-18008-10-8

978-84-15618-89-8

978-84-15618-83-6

978-84-15618-78-2

978-84-15618-79-9

H.P. LOVECRAFT
DAGON
Y OTROS RELATOS INICIALES

978-84-18008-05-4

978-84-18008-04-7

LA DAMA
DE LAS
CAMELIAS
ALEXANDRE DUMAS

978-84-18008-02-3

Sentido
y
sensibilidad
Jane Austen

978-84-17430-55-9

EL PRÍNCIPE
MAQUIAVELO

978-84-17430 82-5

CUENTOS
DE
CHÉJOV

978-84-17430-83-2

LAS MEMORIAS de
SHERLOCK
HOLMES
ARTHUR
CONAN DOYLE

978-84-18008-06-1

Emma
Jane Austen

978-84-17430-60-3

Las
Mil y una
Noches

978-84-17430-48-1

CHARLOTTE BRONTE
Jane
Eyre

978-84-17430-32-0

LOUISA MAY ALCOTT
MUJERCITAS

978-84-17430-54-2

EN LAS
MONTAÑAS
DE LA
LOCURA
Y OTROS RELATOS
H.P. LOVECRAFT

978-84-17430-04-7

EL
ARTE
DE LA
GUERRA
SUN TZU

978-84-17430-56-6

NARRACIONES
EXTRAORDINARIAS
EDGAR
ALLAN
POE

978-84-15618-69-0

ALICIA
EN EL PAÍS
de las
MARAVILLAS
LEWIS
CARROLL

978-84-15618-71-3

H.P.
LOVECRAFT
LA LLAMADA DE
CTHULHU
EL SER EN EL UMBRAL

978-84-15618-68-3

Alma Clásicos Ilustrados ofrece
una selección de la mejor literatura
universal; desde Shakespeare a Poe,
de Jane Austen a Tolstoi, pasando
por Lao Tse o los hermanos Grimm,
esta colección ofrece clásicos para
entretener e iluminar a lectores
de todas las edades e intereses.

Esperamos que estas magníficas
ediciones ilustradas te inspiren para
recuperar ese libro que siempre
has querido leer, releer ese clásico
que te entusiasmó o dar una nueva
oportunidad a uno que quizás
no tanto. Libros cuidadosamente
editados, traducidos e ilustrados para
disfrutar del placer de la lectura con
todos los sentidos.

oficina, empeñado en rechazar mi autoridad, desconcertar a mis visitantes, teñir de escándalo mi reputación profesional y ensombrecer mi entorno en general, manteniéndose con vida gracias a sus ahorros (pues no cabía duda de que no gastaba más de cuatro ochavos al día); era capaz incluso de vivir más que yo y terminar reclamando la propiedad de la oficina por el derecho que le otorgaba haberla ocupado a perpetuidad; como esos oscuros presagios me abrumaban cada vez más y mis amigos dejaban caer sus implacables comentarios sobre aquella aparición en mi despacho, experimenté un cambio importante. Decidí hacer acopio de facultades y librarme para siempre de aquella pesadilla intolerable.

Antes de embarcarme en un proyecto demasiado complicado para tal fin, empecé por sugerirle simplemente a Bartleby que me parecía apropiado que se despidiera para siempre. En tono tranquilo y serio ofrecí esa idea a su atenta y madura consideración. Sin embargo, tras tomarse tres días para meditarla, me hizo saber que mantenía su decisión inicial; en pocas palabras, que todavía prefería quedarse conmigo.

«¿Qué voy a hacer?», me pregunté mientras me abrochaba el abrigo hasta arriba. «¿Qué voy a hacer? ¿Qué debo hacer? ¿Qué debo hacer, según el dictado de mi conciencia, con este hombre? O, mejor dicho, con este fantasma.» Tenía que librarme de él; tenía que irse. Mas ¿cómo? «No vas a echar a empujones a este pobre, pálido y pasivo mortal; ¿vas a echar a empujones por la puerta a una criatura tan indefensa? ¿Te vas a deshonrar con semejante crueldad? No, no lo haré, no puedo hacerlo. Antes le dejaría vivir y morir aquí y luego emparedaría sus despojos. Y entonces, ¿qué vas a hacer? Por mucho que le insistas, no se moverá. Tus sobornos los deja a la vista encima de la mesa, bajo el pisapapeles; en pocas palabras, está bastante claro que prefiere quedarse contigo.

»En ese caso, hay que hacer algo serio, algo inhabitual. ¿Qué? Desde luego, no pretenderás que un agente se lo lleve atado por el cuello y encierre su inocente palidez en el calabozo. Además, ¿con qué argumentos lo harías? ¿Acaso es un vagabundo? ¡Qué va! ¿Es un vagabundo, un ser errante, aquel que se niega a mudarse? Precisamente porque no es un vagabundo es por lo que quisieras acusarle de serlo. Demasiado absurdo. ¿Por carecer de medios demostrables para mantenerse? Ya lo tengo. Pero es otro error: no cabe duda de que se mantiene, lo cual bastaría como prueba irrefutable de que dispone de los medios necesarios. Entonces, se acabó. Si no se va él, tendré que irme yo. Mudaré mi oficina; la trasladaré a otro lugar y le haré saber que si lo encuentro en la nueva dirección me veré obligado a tratarlo como un allanador.»

Al día siguiente, actuando en consecuencia, le dije:

—Esta oficina queda demasiado lejos del Ayuntamiento; el aire es insano. En pocas palabras, tengo la intención de mudarme la semana que viene y ya no necesitaré sus servicios. Se lo digo ahora para que pueda buscarse otro lugar.

Él no contestó y no se dijo más.

Llegado el día, contraté hombres y carros, me presenté con ellos en el despacho y, como no tenía demasiados muebles, lo vaciaron todo en pocas horas. Durante todo el proceso, el amanuense permaneció de pie tras su biombo, que, siguiendo mis instrucciones, quedó en su lugar hasta el final. Cuando lo retiraron, plegándolo como si fuera un folio gigantesco, Bartleby quedó como el inmóvil ocupante de la sala vacía. Yo permanecí en la entrada mirándolo un momento, mientras algo en mi interior me reprendía.

Volví a entrar con una mano en el bolsillo y el corazón en la boca:

—Adiós, Bartleby, me voy. Adiós, que Dios lo bendiga. Y quédese esto —añadí, poniéndole algo en la mano.

Pero lo que le di cayó al suelo. A continuación, por extraño que se me haga decirlo, tuve que arrancarme dolorosamente de la presencia de aquel de quien tanto había ansiado librarme.

Una vez instalado en mis nuevos cuarteles, durante uno o dos días mantuve la puerta cerrada con llave y cada vez que oía pasos por el pasillo daba un respingo. Cuando volvía a la oficina tras una breve ausencia me detenía un instante en el umbral y escuchaba con atención antes de insertar la llave. Mas esos miedos eran innecesarios. Bartleby nunca se acercó por allí.

Creí que todo iba bien hasta que un desconocido con aspecto de gran preocupación vino a verme y me preguntó si yo era la persona que hasta hacía poco ocupaba las oficinas del número X de Wall Street.

Con gran recelo, respondí que sí lo era.

—En ese caso, señor —dijo el desconocido, que resultó ser un abogado—, usted es responsable del hombre que dejó allí. Se niega a copiar documentos; se niega a realizar cualquier tarea; dice que prefiere no hacerlo y se niega a abandonar la oficina.

—Lo lamento, señor —contesté, esforzándome por aparentar tranquilidad, aunque temblaba por dentro—, no es pariente mío, ni mi aprendiz, de modo que no puede hacerme responsable de él.

—Por el amor de Dios, ¿quién es?

—Lo cierto es que no puedo informarle. No sé nada de él. Lo contraté en su día como copista, pero dejó de trabajar para mí hace ya un tiempo.

—En ese caso, lo despediré. Buenos días, señor.

Pasaron unos cuantos días sin saber más de él; aunque a menudo sentía el impulso caritativo de acercarme por allí para ver al pobre Bartleby, una aprensión de no sé qué me refrenaba.

«Parece que ya todo ha terminado», pensé por fin al ver que pasaba otra semana sin recibir más noticias de él. Sin embargo, al llegar a mi oficina al día siguiente me encontré a unas cuantas personas esperando ante mi puerta en estado de gran excitación nerviosa.

—Ese es, ahí viene —exclamó el primero, a quien reconocí como el abogado que se había presentado a verme a solas.

—Tiene que llevárselo de una vez, señor —gritó un tipo corpulento que se destacó del grupo para acercarse a mí. Yo sabía que era el casero del número X de Wall Street—. Estos caballeros, mis inquilinos, ya no aguantan más. El señor B. —señaló al abogado— lo ha echado de su oficina, pero ahora se empeña en circular por todo el edificio; se sienta en el

Un desconocido con aspecto de gran preocupación vino a verme.

barandal de la escalera de día y duerme de noche en el portal. Estamos todos preocupados: los clientes huyen de las oficinas; hay quien teme que se arme una turbamulta. Tiene que hacer algo sin la menor dilación.

Horrorizado tras esa parrafada, retrocedí y hubiera deseado encerrarme en mi despacho. Insistí en que Bartleby no era nada mío —no más que de cualquier otro—, pero fue en vano: yo era la última persona de quien se sabía que había mantenido alguna relación con él, y a esa terrible cuenta se atenían. Temeroso al fin de quedar expuesto en los periódicos (sombría amenaza que usó uno de los presentes), cavilé todo el asunto y al fin dije que, si el abogado me permitía mantener una entrevista confidencial con el amanuense en su oficina (la del abogado), haría cuanto estuviera en mi mano esa misma tarde para librarlo de esa molestia que tan amargas quejas provocaba.

Mientras subía por la escalera hacia mi antiguo despacho me encontré a Bartleby sentado junto al barandal del rellano.

—¿Qué hace aquí, Bartleby?

—Sentarme, apoyado en el barandal —respondió en tono sereno.

Le indiqué por señas que me acompañase al despacho del abogado, que salió en ese momento para dejarnos solos.

—Bartleby —le dije—, ¿es usted consciente de que me causa grandes tribulaciones al empeñarse en ocupar el vestíbulo ahora que lo han echado de la oficina?

No respondió.

—Bueno, tiene que ocurrir una de estas dos cosas. O bien hace usted algo, o bien habrá que hacerle algo a usted. Dígame, ¿en qué clase de trabajo quisiera ocuparse? ¿Quisiera volver a copiar para alguien?

—No, preferiría no hacer ningún cambio.

—¿Le gustaría hacer de dependiente en algún almacén?

—Demasiado encierro. No, no me gustaría ser dependiente; aunque tampoco le tengo especial manía.

—¿Demasiado encierro? —exclamé—. ¡Pero si se pasa usted todo el tiempo encerrado!

—Preferiría no ser dependiente —repitió, como si con ello zanjara el asunto.

—¿Qué le parecería trabajar en un bar? Eso no fatiga los ojos.

—No me gustaría nada; aunque, como ya le he dicho, tampoco es que yo sea maniático.

Su locuacidad inusitada me estimuló. Volví a la carga.

—En ese caso, ¿le gustaría viajar por el país como cobrador de comerciantes? Sería beneficioso para su salud.

—No, preferiría hacer algo distinto.

—Entonces, viajar de acompañante por Europa para entretener a algún joven caballero con su conversación, ¿eso le parecería bien?

—En absoluto. No veo nada definido en esa actividad. Me gusta estar fijo en un sitio. Aunque tampoco es que sea maniático.

—Pues fijo tendrá que quedarse —exclamé, perdida ya toda paciencia y, por primera vez en toda mi exasperante relación con él, dejándome llevar en volandas por un arrebato—. Si no abandona este edificio antes de que caiga la noche me veré obligado, de hecho, estoy obligado a... a... ¡a ser yo quien lo abandone! —concluí, absurdamente, pues no se me ocurría ninguna otra amenaza que pudiera quebrantar su inmovilidad y obligarlo a obedecer. Sin confiar ya en lo que pudiera brindarme ningún otro esfuerzo, me disponía a marcharme precipitadamente cuando se me ocurrió una última idea, aunque ya la había vislumbrado con anterioridad—. Bartleby —dije en el tono más amable que fui capaz de adoptar en circunstancias tan acuciantes—, ¿quiere venirse conmigo ahora mismo? No a mi oficina, sino a mi casa, donde podrá quedarse hasta que, sin mayor apremio, demos con un arreglo que le parezca conveniente. Venga, vayámonos ahora mismo.

—No. De momento, preferiría no hacer ningún cambio.

No contesté. Al contrario, esquivando a todo el mundo por la brusquedad y rapidez de mi huida, salí a toda velocidad del edificio, corrí Wall Street arriba hacia Broadway y monté en el primer ómnibus que pasó para librarme de cualquier persecución. En cuanto recuperé algo de tranquilidad pude percibir con toda distinción que ya había hecho cuanto estaba en mi mano —tanto en respuesta a las exigencias del casero y sus inquilinos como por mi propio deseo y mi sentido del deber— para ayudar a Bartleby y protegerlo de la burda persecución. Había llegado el momento de despreocuparme y no hacer nada; mi conciencia justificó esa intención; aunque no con tanto éxito como hubiera deseado. Tanto temía el acoso del iracundo casero y sus exasperados clientes que, dejando el negocio en manos de Nippers, pasé unos cuantos días recorriendo la parte alta de la ciudad y los barrios del extrarradio con mi coche; pasé a Jersey City y Hoboken e hice alguna visita furtiva a Manhattanville y Astoria. De hecho, prácticamente vivía en el coche.

Cuando regresé a la oficina me encontré una nota del casero en mi escritorio. La abrí con manos temblorosas. Me informaba de que el remitente había llamado a la policía, que se había llevado a Bartleby a la cárcel, acusado de vagabundeo. Por otra parte, como yo lo conocía más que nadie, me rogaba que me presentara allí para prestar declaración conforme a los hechos. Esas noticias tuvieron efectos contradictorios en mi ánimo. Al principio me indigné; en cambio, al fin casi di mi aprobación. La disposición enérgica y urgente del casero le había llevado a adoptar un procedimiento al que yo dudaba que hubiese podido animarme; y, sin embargo, como último recurso y en tan peculiares circunstancias, parecía el único plan posible.

Según supe más adelante, el pobre amanuense, cuando le dijeron que debían llevarlo a la cárcel, no ofreció la menor resistencia y, en su estilo pálido e inmóvil, dio su consentimiento en silencio.

Algunos transeúntes compasivos y curiosos se sumaron al grupo; dirigida por uno de los agentes, que iba del brazo con Bartleby, la procesión silenciosa se abrió paso entre el ruido, el calor y la algarabía de las rugientes vías públicas a mediodía.

El mismo día en que recibí la misiva acudí a la cárcel o, por hablar con propiedad, al tribunal de justicia. Busqué al oficial idóneo, le conté el propósito de mi visita y me informó de que el individuo que yo acababa de describir estaba,

Sentado junto al barandal del rellano.

efectivamente, allí dentro. Procedí a asegurar al funcionario que Bartleby era un hombre absolutamente honesto y merecedor de gran compasión pese a sus inexplicables excentricidades. Le conté cuanto sabía y terminé sugiriendo la idea de mantenerlo en el confinamiento más indulgente posible hasta que pudiera encontrarse una solución menos cruda, aunque tampoco se me ocurría cuál pudiera ser. En todo caso, si no se podía decidir algo distinto, tenía que ingresar en el asilo. A continuación supliqué que me permitieran entrevistarme con él.

Como no se le aplicaban cargos ignominiosos y él se comportaba en todo momento de manera inofensiva y serena, le habían permitido deambular libremente por la prisión, sobre todo por el patio de hierba encuadrado en su interior. Allí me lo encontré, a solas en el silencio del patio, encarado a una pared elevada mientras alrededor, desde las estrechas rendijas de las ventanas de las celdas, me pareció apreciar que lo contemplaban los ojos de los asesinos y ladrones.

—¡Bartleby!

—Sé quién es —dijo, sin volver la vista atrás— y no tengo nada que decirle.

—No he sido yo quien lo ha traído aquí, Bartleby —dije, profundamente dolido por la sospecha sugerida—. Además, este no debería ser un lugar tan malo para usted. No se le atribuye nada reprochable por estar aquí. Y fíjese, el lugar no es tan triste como podría pensarse. Mire, ahí está el cielo y aquí, la hierba.

—Sé dónde estoy —replicó.

Sin embargo, como se negaba a decir nada más, tuve que abandonarlo.

Cuando volví a entrar en el pasillo, se me acercó un hombre fornido y corpulento con un delantal y, señalando con el pulgar por encima del hombro, preguntó:

—¿Es amigo suyo?

—Sí.

—¿Pretende morir de hambre? Si es así, le bastará con seguir la dieta de la prisión.

—¿Quién es usted? —pregunté, sin saber cómo interpretar una información tan poco oficial en un lugar como aquel.

—Yo soy el despensero. Los caballeros que tienen amigos aquí me contratan para que yo los provea de buena comida.

—¿Eso es cierto? —pregunté al carcelero.

Dijo que sí.

—En ese caso... —dije, poniéndole unas monedas en la mano al despensero (pues así lo llamaban)—. Quiero que le preste una atención especial a mi amigo. Ofrézcale la mejor comida que pueda conseguir. Y sea lo más educado posible con él.

—Preséntame, si le parece bien —dijo el despensero.

Me miraba con una expresión que parecía insinuar que estaba impaciente por disponer de una oportunidad para dar una pequeña muestra de su buena educación.

Convencido de que podía redundar en beneficio del amanuense, lo acepté. Le pregunté al despensero cómo se llamaba y me acerqué con él a Bartleby.

—Bartleby, este es el señor Cutlets; sin duda le resultará muy útil.

—A su servicio, señor, a su servicio —dijo el despensero, con una honda reverencia tras el delantal—. Espero que se encuentre a gusto aquí, señor; patios espaciosos, apartamentos frescos, señor; espero que se quede un tiempo con nosotros y contribuiré cuanto pueda a que su estancia sea agradable. ¿Podríamos mi esposa y yo gozar del placer de su compañía para cenar en la habitación privada de la señora Cutlets?

—Hoy prefiero no comer nada —dijo Bartleby, dándose la vuelta—. No me sentaría bien; no estoy acostumbrado a las comilonas. —Dicho esto, se alejó lentamente hacia el otro extremo del claustro y adoptó su posición frente al muro.

¿Podríamos mi esposa y yo gozar del placer de su compañía para cenar?

—¿Qué le parece? —dijo el despensero, dirigiéndose a mí con una mirada de asombro—. Un tipo extraño, ¿no?

—Creo que está un poco trastornado —dije con tristeza.

—¿Trastornado? ¿Un poco trastornado? Vaya, palabra de honor que creía que su amigo era un falsificador; los falsificadores siempre son pálidos y tienen ese aspecto gentil. No me dan ninguna pena, lo siento, señor. ¿Usted conocía a Monroe Edwards? —añadió en tono lastimero, y luego hizo una pausa. A continuación, tras apoyar su mano en mi hombro en un gesto compasivo, suspiró—: Murió de tisis en Sing Sing. Entonces, ¿usted no conoció a Monroe?

—No, nunca he tenido relaciones sociales con ningún falsificador. Pero ya no me puedo quedar más aquí. Cuide a mi amigo. No le va a pesar. Volveremos a vernos.

Al cabo de unos cuantos días obtuve permiso de visita y recorrí los pasillos de la cárcel en busca de Bartleby, mas no pude encontrarlo.

—Lo he visto salir de su celda no hace mucho rato —dijo un celador—. A lo mejor ha ido a pasear al patio.

Así que para allá me fui.

—¿Busca al hombre silencioso? —dijo otro celador, al pasar por mi lado—. Está ahí tumbado, durmiendo en ese patio. No hace ni veinte minutos que le he visto acostarse.

El patio estaba en silencio absoluto. Los presos comunes no podían acceder a él. Los muros que lo rodeaban, de un grosor asombroso, impedían el paso de cualquier sonido. El carácter egipcio de la construcción me apesadumbraba con su tristeza. En cambio, a mis pies crecía un suave césped cautivo. Como si en el corazón de las pirámides, por alguna extraña magia, hubiera crecido entre las grietas una semilla de hierba arrojada por los pájaros.

Acurrucado en extraña posición junto a la base del muro, con las rodillas plegadas y tumbado de lado, tocando con la cabeza la fría piedra, vi al exhausto Bartleby. Mas no se movía. Me detuve; luego me acerqué a él: me agaché y vi que sus ojos, aunque apagados, estaban abiertos; por lo demás, parecía dormir profundamente. Algo me impulsó a tocarlo. Al palparle la mano, un escalofrío me recorrió el brazo y bajó por la columna hasta el pie.

En ese momento apareció ante mí el rostro rotundo del despensero.

—La comida está lista. ¿Hoy tampoco va a comer? ¿Será que no necesita alimento?

—No necesita alimento —dije, y le cerré los ojos.

—¡Eh! Duerme, ¿no?

—Entre reyes y consejeros —murmuré.

No parece muy necesario proseguir esta historia. La imaginación aportará de buen grado el exiguo relato del entierro del pobre Bartleby. Sin embargo, antes de despedirme del lector quisiera añadir que si este relato le ha interesado lo suficiente para despertar su curiosidad sobre quién era Bartleby y qué clase de vida había llevado antes de que este narrador trabara relación con él, solo puedo responder que comparto por entero dicha curiosidad, mas soy absolutamente incapaz de satisfacerla. Y llegados a este punto no estoy seguro de si debería divulgar un pequeño rumor que llegó a mis oídos algunos meses después de fallecer el escribano. Nunca pude confirmar en qué se basaba ni, en consecuencia, puedo afirmar hasta qué punto es cierto. Sin embargo, en la medida en que esa vaga información despertó en mí un extraño interés, por triste que fuera, podría ocurrirles lo mismo a los demás; así que la mencionaré de pasada. El rumor era el siguiente: que Bartleby había sido un empleado subalterno de la Oficina de Cartas Muertas de Washington, de donde lo habían despedido sin previo aviso tras un cambio en la administración. Cuando vuelvo a pensar en ese rumor, soy incapaz de expresar debidamente la emoción que me embarga.

¡Cartas muertas! ¿No suena demasiado parecido a hombres muertos? Si pensamos en un hombre que por naturaleza, y por desgracias del destino, tiende a la sombría desesperanza, ¿habrá algún trabajo más apropiado para acrecentársela que uno dedicado a manejar constantemente esas cartas muertas y condenarlas a ser pasto de las llamas? Porque las queman a carretadas una vez al año. A veces, del papel plegado saca el pálido oficinista un anillo: tal vez el dedo al que iba destinado se esté descomponiendo en la tumba. Otras, un billete enviado de urgencia y por caridad: quien tanto se habría aliviado al recibirlo no come ya, ni pasa hambre; perdón para quienes morían en pleno desconsuelo; esperanza para quienes morían desesperados; buenas noticias para quienes morían asfixiados por calamidades constantes. Con sus mensajes de vida, esas cartas corren hacia la muerte.

¡Ay, Bartleby! ¡Ay, humanidad!

Preferiría no hacerlo.